暗香集

AN XIANG JI

冯梅诗词

2013—2022

冯梅 著

作家出版社

图书在版编目（CIP）数据

暗香集 / 冯梅著 . -- 北京：作家出版社，2023. 12
ISBN 978-7-5212-2369-9

Ⅰ. ①暗…　Ⅱ. ①冯…　Ⅲ. ①诗集－中国－当代
Ⅳ. ① I227

中国国家版本馆 CIP 数据核字（2023）第 116822 号

暗香集

作　　者：冯　梅
责任编辑：丁文梅
装帧设计：应晓敏　苟正伟
正文排版：龚恩平
出版发行：作家出版社有限公司
社　　址：北京农展馆南里 10 号　　　邮　　编：100125
电话传真：86-10-65067186（发行中心及邮购部）
　　　　　86-10-65004079（总编室）
E-mail:zuojia @ zuojia.net.cn
http://www.zuojiachubanshe.com
印　　刷：北京盛通印刷股份有限公司
成品尺寸：145×210
字　　数：131 千
印　　张：13
版　　次：2023 年 12 月第 1 版
印　　次：2023 年 12 月第 1 次印刷
ISBN 978-7-5212-2369-9
定　　价：98.00 元

自　序

　　《暗香集》是我闲暇时创作的第一本诗词集，书名取自于我尤其喜欢的林逋"疏影横斜水清浅，暗香浮动月黄昏"的诗句。这是本人2013年至2022年生活情态、工作经历、情感旅程和心路历程的点滴记录和阶段性总结，共有古体诗词460多首，主要以词为主，包括部分古体诗，按照年月日的时间先后顺序进行排列。

　　此集是我这十年来生活、工作、情感历程的展现，其内容是日常生活和工作中的所见所闻和所思所想，不乏对柴米酱醋、烟火市井的记录，对风花雪月的吟咏，不乏花前月下的怀思，筵席侑酒中的应酬，也不乏对青春年华的追忆，对前尘往事的回味，对梦想理想的追求，对美好生活的向往，等等。总之，这是我通过古典诗词对生命历程的文字化、艺术化、形象化的再现。

　　中国的文字发展繁花锦簇，唐诗、宋词、元曲、明清小说各领风骚，名家辈出，光耀千古。词（又名曲子词、长短句、诗余）起源于隋，形成于初中唐，定型于唐末五代，极盛于两宋，延续于元明清，正在复兴于当代。宋词是宋代盛行的一种文学体裁，标志着宋代文学的最高成就，与唐诗并称双绝，代表着一代文学之盛。宋词概分为婉约、豪放二派，二者各有殊胜。

　　我于二十世纪六十年代生在川北一个书香家庭，母亲是歌唱演员，16岁就代表四川省参加全国职工文艺调演，走进人民大会堂，受到周恩来、朱德等国家领导人接见。父亲是高级编辑，创作并出版小说、音乐、戏剧等。受到家庭浓厚文化氛围的熏染，本人自幼习乐，曾记得7岁时，爸爸就和妈妈讲：新华书店有一把儿童小提琴，要40多元，我们是不是挤点钱出来给梅儿买下来？妈妈欣然答应。然后，我就开始了受折磨的岁月。我从小住在外婆家，每天6点起床到我爸爸妈妈家（相距500米），开始基础训练，"杀鸡杀鸭"，空弦练习就是几个月，直到我独立站在舞台可以独奏《白毛女》时，我才感觉到，我还是可以亲近而且喜欢音乐艺术的。后来，我从拉小提琴到架子鼓到键盘都有所涉猎，而且也曾担任过业余乐队队长，为八十年代伟大的改革开放而纵情抒怀。纷繁的工作与生活，没有淹没我对美的憧憬、对爱的向往，直到中年以来，独喜中国古典诗词，念念于兹，执执于斯，仰慕易安居士李清照，崇尚稼轩居士辛弃疾。诗庄词媚，"诗显而词隐，诗直而词婉"（缪钺《论词》），"词之为体，要眇宜修"，"诗之境阔，词之言长"（王国维《人间词话》）。与诗相比，我更钟爱于词，尤其是宋词中的婉约词。婉约词以其音律谐和、语言圆润、清新绮丽、含蓄委婉之美深深吸引了我。于是乎，从2012年开始，我开始尝试词的创作，风格主要以婉约为主。其间，或自吟自唱，或酬酢唱和，或即兴赋诗，或直抒胸臆，或托物言志，或伤时悯世，或惜春悲秋，或思旧怀人……

因为对美向往，我特别喜欢西方的古典音乐和芭蕾舞，时常沉醉徜徉在其艺术的殿堂里。交响乐结构严谨，表现手段丰富多样，内涵深刻，具有戏剧性、史诗性、英雄性和浪漫性，能够将听众带入到音乐意境和想象空间。芭蕾舞艺术高雅，美不胜收，洁白的纱裙、漂亮的足尖、高难度的旋转、优雅的谢幕也让我流连忘返。音乐极大地丰富了我的精神生活，让油盐柴米的世俗生活充满了诗意。西方的古典音乐、芭蕾舞与东方的唐宋诗词相得益彰，欣赏、弹奏、演唱，填写诗词，将西方的古典音乐和中国当代的流行音乐的歌曲歌词配之易之以词，以抒心声，这种自娱自乐的生活方式让我的业余生活不再寂寞和单调。

"每一个不曾起舞的日子，都是对生命的辜负。"（尼采）对我而言，阅读、欣赏诗词是一种美的享受。有一次，我躺在床上夜读白居易的《钱塘湖春行》，其"几处早莺争暖树，谁家新燕啄春泥。乱花渐欲迷人眼，浅草才能没马蹄"让我感动得泪眼婆娑。我在想，这是什么样的大手笔才可以把春天描绘得如此真切、形象而美好啊！又有一次，我夜读欧阳修的《南歌子》"凤髻金泥带，龙纹玉掌梳。走来窗下笑相扶。爱道画眉深浅、入时无。弄笔偎人久，描花试手初。等闲妨了绣功夫。笑问双鸳鸯字、怎生书。"这词把新婚小夫妻恩爱甜腻的生活小场景描绘得出神入化，曲尽其妙，让人心生叹美。

我们生活在一个物质极大丰富、生活极度方便的时代，精神生活的充盈会让我们的生活更加惬意而散发光芒。华夏文明五千年，唐宋诗词文化达到巅峰，涌现大批诗词大家圣手，其中悼亡、怀旧、伤春悲秋之词句已是绝唱，至今读来都是朗朗上口，念念难忘，其也是各个历史时期的真实写照……反观现在也正是弘扬中华文化的重要时刻，我们每个中国人都应该有传承优秀文化的责任和义务。十几年前我已积极投身其中，缘于对诗词的热爱，这样含蓄内敛、优美别致的文字表达最是能体现人类文明发展的极致，应该让我们的子孙后代都喜欢和接受并发扬光大。在这十几年的创作生涯中，我饱览祖国的大好河山，体味着幸福与快乐、失意且彷徨的生活，也偶与朋友们一起畅聊分享生活的乐趣与惆怅。有一次大家聚品日餐，即兴一首《南歌子》"喜乐婵服试，欣怡鬓发梳。裹身叹紧笑相扶，却怕美筵难品、味全无。料理绵延久，杯盘试口初。新鲜道道见功夫，思念辣麻情切、怎生书。"描写了想吃怕肥、服饰难就的俏皮心态，同时感叹对川味美食的怀念；又有酬和好友夏日午景的《踏莎行》中"栀子香清，株红艳灿。室弥凉润身舒坦。暂时小梦锦衣衫，愁情恼事全不管。"流淌出恣意洒脱的生活态度；在追忆已逝父母的《临江仙》中"叹息三月飘落絮，低飞莺雀还频。绵思梦挂逝家亲。春愁缭乱处，蒙眼泪沾巾。"的悲泣怅然；有在描写和女朋友们围炉火锅所填的《忆江南》中"闺晚聚，漫谈味和家。纯酒汤锅心惬意。锦衣裙袄面仙霞，娇怨也说他"的闺蜜们家长里短的生活情态。这些词句让传统文化融入我们的生活，让我们百味杂成的生活充满诗情画意……

2020年，我有幸与时任中国电视艺术家协会主席胡占凡先生、中国广播电视社会组织联合会学术部主任张君昌先生、四川大学袁方明博士创建了"京蜀诗派"。诗派一方面以"明白如话，韵味无穷，意趣天成，神韵至上"作为创作理念，另一方面又主张不拘风格，齐放争鸣。诗派成立后，大家彼此鼓励、督促，互相唱和，其乐融融，其喜恰恰，此乃人生之一大快事乐事也！其间创作的部分诗词发表在"阅读公社""中国有声阅读"等微信公众号里，得到了诗词界前辈大家的充分肯定。

十年创作腋成裘，敝帚犹珍付梓谋。读者诸君如会意，相邀同赴望江楼。十年磨一剑，值此《暗香集》出版之际，写此序言交代个人相关情况和创作背景。

写诗填词是我的业余爱好，是为了让人生更加丰富，让精神世界更加多彩，让人脱离柴米油盐的羁绊，获得诗意的栖居。为严肃诗词创作，继承诗词格律韵律创作要求，本集根据《词林正韵》《平水韵》《中华新韵》进行填写，当然，由于功底浅薄，才短思涩，难免有舛误不当之处，敬请读者朋友们不吝指教。

是为序。

癸卯年夏记于成都太古里

目 录

CONTENTS

2

3

9

2017 年

太平年·元旦

春歌环绕和风媚，
树闪红黄瑞。
儿童吟唱乐新岁，
市喧人鼎沸。

伴侣佳人烟花坠，
酒盏觥筹会。
梅俏秀花蕊，
达旦欢醉。

2022 年 1 月 1 日

1

浣溪沙·小寒夜思

风弱凌寒夜暗香，
瘦枝纤骨配鲜黄。
折来一剪映纱窗。

吹暖冷芳春意醉，
年华长恨易忧伤。
万般心，千嘱咐，梦欢堂。

2022 年 1 月 5 日

天仙子·浅酒絮旧

浅笑相逢能几度，聊忆周游相喜怒。
叹言今日是行人，轻酒度，昏云雾。
寥落语稀思断絮。

灵动面娇羞涩露，历练抒怀山水路。
锦心自立乐当成，祝俶祜，花开数。
华鬘好安寻趣处。

2022 年 1 月 15 日

朝玉阶·大寒

山远江寒薄雾天。

腊梅香漫浸，俏余欢。

红黄霓闪麦声传。

喧哗扬闹市、近新年。

醉书甜忆满香笺。

思家亲守岁，乐团圆。

而今华发泪形单。

哪堪长梦见、护平安。

2022年1月20日

东风齐著力·除夕

寒尾岚风，残梅香暗，爆竹惊春。
千门鼎沸，除夕夜家亲。
彩灿银屏律动，豪佳宴、腊素金樽。
桃符字，娟娟妙句，华室馨温。

满盏语喃尊。
先祝老、寿山福海慈仁。
喜追压岁，细汗逗妮纯。
美眷和融敬爱，同堂乐、好客迎门。
休辞醉，花鲜月静，兴旺乾坤。

2022 年 1 月 31 日

西江月·壬寅春节

处处高歌甘露，
年年欢语花团。
舅亲美眷惦家还，
樽满新春祝愿。

继日安排频复，
珍馐酒醉云间。
春光迷眼枕红眠，
难减腰肥嗟叹。

2022年2月3日

蝶恋花·壬寅立春

年里懒眠春悄至，
探看庭园，枝上红来使。
湖面袅烟波点水，
柳青依旧香梅退。

散鬓眼昏无好睡，
为问心愁，何事寻常醉。
填韵诗言升小喜，
千年酬和聊相慰。

2022年2月4日

长命女·生日宴

生日宴，鸡尾番轮歌咏遍。
八美陈心愿：
一愿春生乐喜，
二愿群芳长健，
三愿身姿轻似燕，
日日娇花面。

2022年2月10日

卜算子·周末公子宴

年聚晓风香，
樽酒喃吟唱。
宋玉潘安闪现忽，
倜傥风流状。

哥叹岁飞流，
弟乐春心荡。
醉眼花间往事烟，
各领风骚样。

2022年2月12日

8

寻梅·壬寅元宵节赏梅

幽香粉嫩枝盛蔓。

俏新鲜、袅依好看。

雪尽寒浅闹春绽。

暖阳柔风和,

欲羞还灿。

一枝摘得瓶儿剪。

媲美争、映相温婉。

元宵碗缀飘红片。

味怡心舒坦,

稀罕醉叹。

2022 年 2 月 15 日

思远人·初春情思

丝雨红梅春欲放，千里念行客。
忆花间喜悦，观云聊语，童趣乐游弋。

视频不解倾心迹，夜静旋研墨。
渐写字动情，眼眸深处，红笺为无色。

2022年2月18日

蝶恋花·壬寅雨水

春雨潇潇新绿遍，
梅艳枝繁，笑靥迎风灿。
排队柳丝飘力懒，
牛耕田野人催喘。

心静无思堤上看，
华发今年，又是春薰眼。
独立小桥花伞串，
流连暮色人归晚。

2022年2月19日

七绝·成都四季

春

锦城柳翠又迎春，

杜馆飞红点水粼。

黄雀叶藏声和唱，

轻风撩煞醉行人。

夏

桂湖菡萏映衔天，

帘绣杉船泛曲涟。

载酒品香撑绿盖，

耳萦笙曲似神仙。

秋

微风细雨伴清凉，

摇曳金薇扮靓妆。

漫步琴台司马意，

白头一曲凤求凰。

冬

窗含西岭雪银光，

七色斑斓径盖黄。

太古人流装炫秀，

火锅麻辣味传香。

2022 年 2 月 26 日

七律·壬寅龙抬头

龙吹须动暖阳亲，二月抬头剪发新。

蝶爱蜂追花叹厌，桃羞李浅树倾春。

小儿学散纸鸢放，耄耋棋昏怒脸瞋。

日日杯樽清酒满，朝朝小圃美诗谆。

2022年3月4日

抛球乐·壬寅惊蛰

二月春风渐暖生，

蛰虫初醒犊耕鸣。

酒樽挑菜溪边乐，

绿柳粉桃站队迎。

且惜时光好，

童叟妮欢唱有情。

2022年3月5日

西江月·剧拍随想

拂晓开机鸣炮，

三星帷幄筹盘。

春光熏醉众流连，

嬉看星光灿烂。

宝堰碧波清澈，

青城问道云烟。

绿荫幽草美花间，

好景四川胜券。

2022 年 3 月 15 日

蝶恋花·《相思赋》琴思

天绽杏花香妩媚，

飘洒风吹，欲问何方坠？

陌上少年身俊醉，

痴情一片空相对。

满眼花飞思恋累，

衣带渐宽，消得人憔悴。

浓睡醒来无食味，

惊残好梦还难寐。

2022 年 3 月 17 日

忆帝京·蓉城春夏

芳菲乱眼花千朵，
十里望春寥廓。
晴日暖风柔，
薄汗沾衣裹。
绿柳翠妖娆，
薹菜黄繁伙。

香漫醉、兰桡轻舵。
镜波照、蛾儿鬓亸。
脸俏嫣红，
蜂喧蝶绕，
懒举画伞娇人可。
嬉戏嚼红茸，
笑向檀郎唾。

2022年3月19日

七律·周末春寒　酬和陆游之《临安春雨初霁》

三月春寒雾笼纱，春熙太古聚芳华。

玲珑伞小腰姿媚，羞涩甘微雨露华。

回味当时薰美酒，思寻此刻品清茶。

逍遥暇日凭熬晚，隔夜明朝买杏花。

2022 年 3 月 25 日

相见欢·剧赏

欣然好剧情绵，路相牵。
苦战泥潭多日、换人间。

叶岚媚，向前睿，克艰难。
首列车扬畅坦、万重山。

2022 年 4 月 2 日

浣溪沙·壬寅清明

晨雾烟轻晓冷寒，
依稀窗外噪声传，
春深浓睡困人眠。

远岫朦胧思绪乱，
清明孤寂见亲难，
日高惜叹落花残。

2022 年 4 月 5 日

诉衷情令·夜思

悄然无赖降人间，心跳脏茫然。
平生之火炫动，不负勇骁翩。

流水淡，碧天烟，路长绵。
凭高目断，天命相依，憾护平安。

2022 年 4 月 6 日

夜游宫·《云河》琴思

夜静云河扑朔，
盖星闪、沉沉阡陌。
栏倚微风伴轻乐。
立多时，望城楼，灯市烁。

淡酒无思酌，
绪怀乱、寄情伤错。
迷雾朦胧了寂寞。
看人间，浪红尘，因果作。

2022 年 4 月 9 日

临江仙·春寒

料峭春寒风伴雨，人稀天淡阴云。

暇闲倦懒望烟津。

浅歌哼自趣，对镜试榴裙。

叹息三月飘落絮，低飞莺雀还频。

绵思梦挂逝家亲。

春愁缭乱处，蒙眼泪沾巾。

2022 年 4 月 16 日

七律·壬寅谷雨

春暮寒衰渐暖生，蝶穿柳絮彩蓉城。

畦田谷雨催生乐，翠竹姚黄并笑盈。

一盏新芽清滴露，三盘时令腊调羹。

黄昏霞魅佳人至，味美安舒小曲哼。

2022 年 4 月 20 日

更漏子·《女儿情》琴思

暖风吹，青绿翠，街市语喧行碎。
衣衫薄，鬓云残，黛眉敛蹙难。

心儿醋，怨郎露，却道伤情好苦。
夜辗转，独思愁，任他浪荡由。

2022 年 4 月 27 日

春光好·暇日闲思

和风暖，爽蓝天。散云鬟。
懒起四肢还倦，享休闲。

玉指抚琴陶醉，
歌声点醒连山。
窥叹深心无限事，俏眉弯。

2022 年 5 月 2 日

秋蕊香·壬寅立夏

芍药雅馨天暮，
太古喧哗常住。
床前绚烂芳香吐，
好梦伴眠安度。

银丝对镜萧娘妒，
愁情愫。
幸闻黄果栀香户，
晓看朱颜争谱。

2022 年 5 月 5 日

绝句·过三圣乡

三圣乡邻次栉扉，
人和日暖鸟鸣飞。
柔阳深巷香风蜜，
墙蔓梅姿灿笑微。

2022 年 5 月 8 日

醉花间·母亲节好

青杏涩酸幽绿草，

池塘荷尚早。

深巷秀梅墙，

荫树香灯照。

流连光景妙，

品位风姿俏，

笑嬉人未老。

相逢莫厌醉杯红，畅情怀，心静好。

2022 年 5 月 8 日

别怨·《葬花吟》琴思

花绽晴天，
落飘零、摇坠翩翩。
叹春春去也，
游丝软系惹人怜。
望断香消扑榴阑。

别怨相思意，
伤情负、比翼愁难。
鲜妍绝谢，
阶前花葬无言。
倚锄偷洒泪，
天尽处、觅仙园。

2022 年 5 月 13 日

绝句·过恩阳

晴朗轻风翠绿多，

恩阳早晚唱幽波。

千年古道祥和满，

十碗花间醉酒歌。

2022 年 5 月 16 日

诉衷情令·《爱的罗曼史》琴思

春光路上陌逢君，栀子醉香薰。
俊郎飘逸花下，好个意中人。

心愿许，展娇纯，叙情真。
海枯石烂，生死相依，千古姻缘。

2022 年 5 月 18 日

杏花天·壬寅小满

绣球装点庭苑俏。

暖日聚、秋千嬉闹。

角梅朵朵依墙笑，

栀子异香醉了。

欣远望、垄间穗饱。

对美景、欢多愁少。

叹桃叶白石伤道，

惜感今天最好。

注释：

桃叶：出自姜夔《杏花天影·绿丝低拂鸳鸯浦》，指远方的恋人。

白石：姜夔的号。

2022年5月21日

梦仙郎·初夏婚礼

杨柯韦笑，豪才窈窕。光艳逸、彩鸾娇妙。
容鬟上新妆。迷醉过人香。

晶闪厅堂筵宴。华灯锦幔。花月美、正缘佳眷。
酣畅众欢言。倾祝谢高天。

2022 年 5 月 22 日

生查子·《斯卡布罗集市》琴思

月照故乡行，思绪翻飞透。
共寻百里香，竹马青梅秀。

婀娜绽芳姿，爱约长相守。
跌宕路绵延，攀折他人手？

2022 年 5 月 25 日

雨霖铃·《红唇》琴思

秋深初冻，

驻长亭晚，落叶成冢。

徘徊裹衣寒浸，迎风忆念，伤怀心痛。

往事尘封泪眼，竟烟云如梦。

远去也、奇妙相逢，岁月无声挫情重。

芙蓉笑面胭脂弄，

俏香腮、惹乱心儿宠。

良辰执手相看，深有韵、眼波灵动。

此去经年，香断红唇，奈何余恸。

望尽处、枫染山红，逝去寥相送。

2022 年 5 月 27 日

蝶恋花·《不说再见》琴思

杨柳一枝柔满眼，
风拂花香，拟扫离愁散。
玉笛声幽君叹惋，
曲传不舍情难断。

曾记回廊嘻步转，
四季经年，学富欣相伴。
时速箭飞莺语乱，
言分盼聚还相见。

2022 年 5 月 30 日

好女儿·壬寅端午贺

小院一枝花，冲破俏低洼。
时暑辛勤宵旦，满袖带芳华。

玉酒伴清茶，盼暇日、端午归家。
欢欣喃语，舒琴惬意，二八人佳。

2022年6月2日

金莲绕凤楼·端午桂湖游

翠绿蜿蜒榴花盛，人簇动、弦和歌咏。
灿阳迎笑精神正，桂湖香、扇荷千顷。

菖蒲酒樽昼永，金角黍、银盘美景。
小吟章句调欢庆，黄昏临、醉酣歪镜。

2022年6月3日

甘州遍·壬寅芒种

天晴好，
光灿映花墙。
聚蜂狂。
登临远眺，
青葱醉眼，
裙边露草见螳螂。

江水绿，穗头黄，
舲船剪浪游弋，
墨画耀空芒。
美人唱、揭调袖盈香。
酒千觞。
细风软润，炼句和酬忙。

2022 年 6 月 6 日

芳草渡·《小小竹排》琴思

连排竹，向东流。
烟云画，雨初收。
风柔江绿去忧愁。
峰两岸，青叠秀，翠悠悠。

燕鸿远，凫鸟炫，渺渺粼波一片。
心如水，月如钩。
笙歌曼，怀梦远，醉无由。

2022年6月10日

阮郎归·壬寅夏至

雾窗逼暑汗妆残，
阴沉不见天。
手摹字画叹黏斑，
乡间鸣鸟蝉。

闲云鹤，水沉烟，
古风香枕眠。
榴花红艳满塘莲，
远离喧市安。

2022 年 6 月 21 日

七绝·筑巢引凤

蜀山俊美画图开，

好景人和引客来。

凤展倾巢佳作现，

巧思多策聚英才。

2022 年 6 月 22 日

七绝·逆势上扬

蓉城俊美热升腾，

焦聚星光喜乐增。

子美叹今丝管弃，

凯歌交响赞丰登。

注释：

子美：杜甫的字。

丝管：源自杜甫的诗《赠花卿》。

2022 年 6 月 23 日

后庭花·《女人花》琴思
次韵毛熙震《轻盈舞伎含芳艳》

红尘摇曳花芳艳，晓妆春脸。
负爱真心愁娥敛，涌思情染。

言嘲自赏舒眉点，发垂遮掩。
去他狂野丢人脸，我自娇靥。

注释:

  毛词拟用词林正韵第十四部，独最后"靥"为第十八部，为次韵无改。

2022年7月4日

渔家傲·壬寅小暑

烈日蒸炎风懒小，
升腾暑气蝉鸣噪。
莲荷紫红娇面俏，
蜂蝶绕，
连天碧叶金光照。

拭汗宽衣心静了，
凉茶半饮闲书瞟。
困顿梦仙开口笑，
清凉妙，
悠扬一曲渔家傲。

2022 年 7 月 7 日

珠帘卷·《痴情冢》琴思

花零落，晓风轻。

闲愁瘦倚阑庭。

垂柳丝丝吟唱，

相思长有情。

偏爱望君香断，

江湖两忘单形。

多少笑欢咽泣，

心欲碎，梦难宁。

2022 年 7 月 11 日

献衷心·《叶塞尼亚》琴思

五彩身妖艳，

争笑春风。

双媚眼，露秋浓。

舞炫腰姿软，

情洒眉中。

相偶遇，郎有意，聚缘逢。

溪水岸，誓言同。

满心欢爱越苍穹。

坎坷双燕宕，

传误迷蒙。

冲破雾，冰释解，白头终。

2022 年 7 月 14 日

浪淘沙令·《出埃及记》琴思

古道马连排，日落风霾。
狼烟羯鼓点声哀。
大漠苍茫商怠倦，游荡嚣埃。

故土已春陔，誓死归来。
蓝天映照我心怀。
酣酒路遥心似箭，国运宏开。

2022 年 7 月 22 日

暗香·壬寅大暑　酬和君昌之《题画木坑竹海》

满盈黛色，望山峦叠远，碧烟萍迹。
滴翠浪翻，万竹齐音奏村笛。
传古社风节令，亲友会、聚欢筵席。
耄耋乐、汗酒浑流，喜煞旧相识。

逃逸，秀水弋。菡萏俏香腮，絮语甜蜜。
簇花岸泽，灯火绵延照余积。
醉看星河摇坠，嫦娥在、了巡澄寂。
浪轻卷、摇梦醒，兴余还忆。

2022 年 7 月 23 日

鹊桥仙·壬寅七夕

暑蒸渐褪，蛩鸣衰散，
遥步晓风消汗。
飘裳香苑笑银铃，
七夕聚、佳人坝宴。

人间恋久，鹊桥时短，
织女牛郎艳羡。
殊知情旧易伤离，
世间戏、揪心泪演。

2022 年 8 月 4 日

小重山·壬寅立秋

远近荫浓不觉秋，

庭深花影乱、静芳幽。

童琴晨练伴莺啾。

闲暇日、慵懒倦梳头。

对镜恍回眸，

红妆枫叶画、峻山游。

叹催白发瞬华流。

人生惑、思忖也无由。

2022 年 8 月 7 日

蝶恋花·初秋朦思
次韵李清照之《暖雨晴风初破冻》

暑热言秋思冷冻，

蝉吼声嘶，残夏挣威动。

酒意诗情谁与共，

牵肠絮语聊心重。

万里儿行衣难缝，

千愿叮咛，谦裕呈龙凤。

假日夜连惊好梦，

无思顺遂舒琴弄。

2022 年 8 月 10 日

阮郎归·三伏琴思
次韵苏轼之《初夏》

生平暑热咽群蝉,

温风懒动弦。

艳阳窗外火燎烟,

机声催昼眠。

熬时过,等云翻,

黄昏也畅然。

清凉琴跃似清泉,

琼珠爱曲圆。

2022 年 8 月 15 日

菩萨蛮·热晕琴思

次韵冯延巳之《娇鬟堆枕钗横凤》

无思慵整衣龙凤，
温风轻卷帘幽梦。
暑热汗熬干，
扇摇心彻寒。

盼君归似箭，
盟誓天涯远。
试泪乱糊妆，
待逢梅傲霜。

2022年8月20日

喝火令·壬寅处暑

汗渍衣衫浸，炎光欲火天。灿阳横炽地生烟。
街静伞移寥落，边坐似鱼煎。

疫暴施门禁，心慌备物宽。慰人时此享休闲。
正好填词，正好懒妆颜。正好练厨尝味，小醉伴安眠。

2022年8月23日

淡黄柳·壬寅白露琴思

天晴雾滞，风晓吹疏翠。

白露空城清润地。

看尽黄昏迤逦，赢得蓉城满诗意。

俯阑呓，青青草还睆。

问郎酒，否醮醉？

怕香飘、桂染成秋绘。

近似天涯，视频传讯，还守香寮自闭。

2022年9月7日

浣溪沙·壬寅秋分

迷醉郁飘桂子香，
黄昏归雁晓风凉，
升腾闹市又平常。

细品红榴珠剔透，
远观银杏叶初黄，
季频换衣理橱忙。

2022 年 9 月 23 日

清平乐·《初雪》琴思

桂香馨醉，秋色澄娇媚。
银杏初黄甘果味，麦浪滚翻丰汇。

祈盼初雪晶花，浪漫巡影美华。
相看无言思绪，六片坠落天涯。

2022 年 9 月 26 日

玉楼春·《秋日私语》琴思

山远街长天去雁，暮色晓凉秋浸漫。
薄衫风动触眉心，残桂留香迷叹恋。

把酒思量糊计算，别后相牵何日见？
雾朦云盖又枫丹，连梦拥怀红粉面。

2022年9月27日

一剪梅·国庆琴思

丹桂飘香银杏丛，
她也杯中，你也杯中。
今宵相聚酒樽同，
谈且相融，论且相融。

夜漫欢歌意正浓，
言也从容，唱也从容。
轻盈微笑祝寅恭，
长假轻松，短假轻松。

2022年9月30日

燕归梁·壬寅重阳

风骤花残气盛嚣，

香桂落、恨黄飘。

淡云翻滚雨声消，

乍见散、艳阳妖。

重阳品菊繁花蕊，

思亲醉、晒秋高。

语喃念絮不成娇，

冀盼愿、路平遥。

2022 年 10 月 4 日

霜天晓角·壬寅寒露

清凉秋夜，弯月银光泻。
庭院桂香熏醉，诗情至、掌灯写。

巧借，唐宋社，好诗美言雅。
茶漫明朝寒露，且共赏、红枫画。

2022 年 10 月 8 日

点绛唇·《梦中的婚礼》琴思

气负当年，随心情断高飞翯。
任她泪语，竹马当分路。

浪荡归闻，已作他人妇。
无奈苦，梦牵朝暮，只有心儿醋。

2022 年 10 月 14 日

62

西江月·生日欢

疫过恰逢生日，

喜迎亲友团圆。

曲扬重奏笑声欢，

歌唱舞姿柔曼。

祝酒美言相絮，

把杯好语拥喧。

愿祈白首共年年，

富贵心宁长健。

2022 年 10 月 15 日

锦帐春·贺《第五名发家》开机

青草迷蒙，牛羊坡满。晓雾落腰山羞面。
沐岚风，湖静谧，看人忙机转。这般明绚。

几许雄姿，几般娇婉。五名爱婷思绪乱。
路艰辛，追永远。帅前行不倦。福倾民赞。

2022年10月18日

万里春·周末琴思

经年念叹，老去无人情欠。
自开怀、簇满清香，好花薰烂漫。

晃眼亲身闪，父慈语、教严心暖。
便相随、顺意天安，愿今生无憾。

2022年10月21日

水调歌头·壬寅霜降品《滕王阁序》有感

红枫镶银杏，秋色伴西风。

微寒肤浸，霜降轻坠落梧桐。

艳羡滕王星聚，起凤蛟龙俊采，逸兴满群雄。

落霞映飞鹭，秋水醉长空。

回思绪，窥鸾镜，见媪翁。

东隅已逝，桑榆非晚面衰松。

嗟叹冯唐易老，嘘哩飞将难任，岁月亦匆匆。

两袖当筵乐，一笑与君同。

2022 年 10 月 23 日

醉乡春·《牧羊曲》琴思

唤起日升窗晓，钟震磬音缥缈。
野果盛，俏山花，春色又添多少。

小女慧中奇巧，牧曲追云曼妙。
武身练，莫言娇，秀颜赤胆英姿耀。

2022 年 10 月 24 日

恨春迟·《月半小夜曲》琴思

好梦逢缘欣又见，娇妩媚、波动含秋。
秀脸拂轻红，炫舞楼心月，薄衣扇遮羞。

惊醒提琴柔音奏，尽酒醉、覆水难收。
悔怨当初执拗，莲藕心香，何时游畅芳洲？

2022 年 10 月 28 日

七绝·贺电视剧《做自己的光》杀青

蓉城俊美画图开，

好景人和引客来。

光影锦霞佳作现，

星途灿烂聚英才。

2022 年 11 月 3 日

喜团圆·《沂蒙颂》琴思

蒙山俊翠，沂江静碧，窗外朝阳。
书传胜利春风喜，倚栏望归郎。

炉中火旺，罐汤香酽，曾记疗伤。
此今遂愿，和鸣鸾凤，日久天长。

2022 年 11 月 6 日

卜算子·壬寅立冬

远山雾隐红，
堤柳烟含翠。
秋尽阶前杏叶黄，
惟有芙蓉醉。

家事挂心愁，
问肯归来未？
恰是冬风又一年，
辗转思难寐。

2022年11月7日

浣溪沙·壬寅小雪　酬和凯文老师

风晓暖阳淡淡云，
杏黄飘落叶亲身，
盼迎小雪洗红尘。

无影晶花思漫絮，
有茶茗盏醉香薰，
流年霜鬓又三分。

2022年11月22日

落梅风·壬寅大雪酌思

苍烟绡雾盖星辰，黄昏冷噤寒亲。
叩窗望断雪无痕？问天尊。

冠瘟三患嗟惘怅，晶花润净清新。
盼飞飘洒遍红尘，喜迎春。

2022年12月7日

梅弄影·《雪落的声音》琴思

漫天纯净，六片飘悠兴。
持捧轻轻咽哽。冷颤寒心，纸般身薄命。

夜阑风静，雪落怡然听。
泪尽无声相映。负了卿卿，谁赔这美景？

2022年12月8日

喜长新·生日祝福

东风一岁又春来，

月照高台。

清香遍远乐心怀，

相如智勇英才。

梅绽含羞催放，

迎盼春陜。

庭前绚丽遍香阶。

福祈万事欣哉。

2022 年 12 月 11 日

武陵儂

竹外枝三兩花開歲歲千武陵絢春色沅水締仙緣風度宜為友

霞餐不問禪蟠桃結實獻壽啟華延

海虞蘭溪

临江仙·壬寅冬至日记酬和凯文老师

病起倦懒窥镜影，鸡巢蓬乱霜华。

艳阳杏叶映窗纱。

曼煖逢进九，轻巧煮姜茶。

渐好开胃思食饮，羊汤添配颇佳。

祛寒抚慰遍身瑕。

平安过险隘，康健走天涯。

注释：

曼煖：意为轻细暖和。出处《文选·枚乘〈七发〉》。

进九：意为进入冬至就数九。

2022 年 12 月 22 日

蝶恋花·元旦

只道平常床懒倦，
昏眼惺忪，窗外冬阳远。
惊梦新年晨送暖，
耳传轻乐和家伴。

苑有梅香疏影倩，
为问前愁，毒患人间乱。
今把瑞烟金兽典，
宜新改岁如心愿。

2021年1月1日

天净沙·《小寒出游蔓馆》步韵君昌之作

梅香袅绕堂间，
乐柔轻伴欢言，
美味飘厨串烟。
喜游蔓馆，
小寒年近心牵。

2021年1月5日

菩萨蛮·蓉城初雪

夜朦歌婉长亭路，
飘飞雪漫蓉城舞。
欣喜妹瑶姿，
拍兴郎乐痴。

冷寒香料峭，
梅艳不争俏。
无意斗群芳，
高标逸韵长。

2021 年 1 月 7 日

卜算子·咏梅　次韵毛泽东之作

庚子送魂归，

飞雪新年到。

阵阵清香乐醉颜，

恍惚梅姿俏。

苦赞谢放翁，

零落春来报。

但有润之颂漫花，

独傲千花笑。

注释：

放翁：陆游。

润之：毛泽东。

2021年1月15日

长亭怨慢·庚子大寒逢腊日

抹窗雾、远遥西岭,

雪色生机,璨金开镜。

玉树参差,冻溪侵草柳姿影。

大寒回至,飞雪舞、烟光静。

室暖薄衣衫,晨茶漫、酌微欣幸。

素净,巧逢今腊日,熬煮佛糜添杏。

杂香化润,味滋美、预迎年庆。

忆放翁、春社鸡豚,叹无路、花明村景。

手捧片珍梅,无酒恍然酩酊。

2021 年 1 月 20 日

后庭宴·庚子大寒记事　酬和诗友

晨驻锦城，午观福地，万山千水倏欻去。
晓天榕树笑霜寒，轻舟薄雾飘连逦。

回观战舰初成，七巷贵英仁聚。
海延丝路，邻里国宾礼。
茉莉暂藏身，腊梅香此季。

2021年1月20日

天仙子·暮归随记

暮晚月明灯讨喜，黄灿挂金排锦里。
声歌情震夜芳华，伤感去，人空寂。
词韵动容香冷记。

浓烈味飘亲乐聚，年近快活巡会趣。
两街相望异风存，追爱忆，食甘比。
人世惘然如彩戏。

2021年1月28日

浣溪沙·寒末随记
次韵秦观之《漠漠轻寒上小楼》

寒漠市喧望远楼，

悠哉情侣眼含秋，

临窗模寂木呆幽。

心绪翻飞回旧梦，

感怀醉饮忘新愁，

明朝醒看月弦钩。

2021 年 2 月 2 日

南乡子·立春

细雨伴青光，
高柳眉舒日渐长。
焦煞燕归巢理事，
忙忙，群鸟翻飞点绿黄。

幽梦任轻扬，
厌起牢骚爱暖床。
镜里懒闲人几岁？
徨徨，叶落花藏抚暗伤。

2021年2月3日

诉衷情令·《女儿情》叹感

粉红娇嫩眼晖盈，春醉女儿情。
圣僧大爱清律，断舍世修行。

求守候，弄瑶筝，舞婷婷。
天凡相异，犹恨尘寰，难遂和鸣。

2021年2月9日

82

一枝春·除夕

屏网喧腾，色斑斓、炫彩迎春开鼓。

香街乐逸，宝马映花千树。

蛾儿十八，汉衣饰、笑盈新语。

圆万户、除夕金临，贺岁玉觥相絮。

谈笑日时飞去。有郎星、倜傥当年风度，

佳人绣面，俏丽月羞云妒。

休聊老矣，康宁绮韵宽长路。

还举盏、浅草蓝茵，健姿景驻。

2021 年 2 月 11 日

江城子·旅途有感

帝都成锦两城穿，

水清寒，艳阳喧。

红艳梅枝，开过意绵绵。

惊诧海棠迎笑靥，

情似旧，爱从前。

春来早到绿青山，

见云鬟，撒娇欢。

灯灿烟流，年闹酒樽干。

美画而今图盛世，

卿我乐，慰民安。

2021 年 2 月 24 日

明月逐人来·元夕

行裙红灿，残寒亲面。

香街路、幻灯霓转。

月圆欢喜，万户如画看。

酒满情浓祝愿。

初试春衫，夜永笛琴飘漫。

朦胧处、桃红嫩浅。

姊妹絮忆，甜小高堂满。

现试鲛绡泪眼。

2021年2月26日

鹧鸪天·酒城香

绿树荫茵镶片黄，
桃红翠柳展春光。
月迷空港催人醉，
风过泸州带酒香。

蝶炫舞，燕飞扬，
惠民情炽赞奔忙。
千家笑靥迎门看，
幻彩高清正小康。

2021年3月2日

一斛珠·辛丑惊蛰　次韵老师之作

虫惊土破，春来白鹭些儿个，清风飘柳长堤侧。
渐欲迷红，抢眼团桃萼。

凭栏抒怀斓锦色，逍遥妙悟丢寥寞，喜心描绘词僵涩。
淡雅闲茶，嫩草香风过。

2021年3月5日

江梅引·惊蛰思梅　酬和王观《年年江上见寒梅》

月移花影晓春寒，

倚窗前，夜阑珊。

惊蛰盼雷，油米蓄丰年。

又是杏飘扬翠柳，

暗香远，梅归去、憾怅然。

姿冷傲雪相缱绻，

玉骨琼，仙风婉。

半开媚眼，新妆洗、馥馥裙边。

为汝多情，醺醉舞翩跹。

花易飘零人易老，

季频换，哪堪思、往日欢。

2021年3月5日

浣溪沙·惊蛰未闻雷

牛劲丰年也盼雷，
望天翘首看云飞，
浪穿孤燕乐翻追。

桃艳春来花满树，
杏黄老去叶飘池，
无声无响暖风吹。

2021年3月9日

抛球乐·次韵先祖冯延巳之作

春盛花繁夜未阑，
喧嚣太古众盘桓。
汉衫亮耀眼波醉，
情侣映心哪感寒。
周末迟归缓，
消惫除疲歌尽欢。

2021年3月12日

七绝·酬和友人早春三首

一

簇簇新花绽粉墙，

翩翩蜂舞乐奔忙。

嗡嗡吟唱舒心曲，

采蜜归来院满香。

二

簇簇新花绽粉墙，

晶莹剔透映春光。

轻匀泪染彤霞美，

欲采一枝戴发旁。

三

簇簇新花绽粉墙，

蝶飞莺闹暖朝阳。

晨曦歌舞游人醉，

迷恋孩童滞校堂。

2021年3月17日

抛球乐·次韵先祖冯延巳之作

春灿花繁天朗晴，
风柔弥漫味香轻。
夜来歌舞酒熏醉，
侧耳吹笙细赏听。
自舞随音律，
不愧先贤也有情。

2021 年 3 月 18 日

鹊踏枝·辛丑春分日感

春去又来花乱眼，
闲日松簪，眉黛无描懒。
有约踏青人怠倦，
相辞独享时消遣。

窗牖柳丝山涧远，
琴妙诗书，散漫红霞晚。
赏看纸鸢生艳羡，
翱翔自在东风管。

2021 年 3 月 20 日

武陵春·剧拍熊猫采风

燕子飞来春闹喜，
国宝俊、粉丝欢。
正满院游人逗乐憨，
享自个、噬竹鲜。

千年大爱使足前，
和平路、越山川。
好剧绘描英熊战团，
网爆炸、美名传。

2021年3月22日

如梦令·好戏

善爱牵群一起，山海情浓大地。
觉醒梦绵延，枭战绿江勇义。
好戏，好戏，追剧街谈巷议。

2021年3月29日

鹊桥仙·华清宫

霓裳炫舞，笙歌迷醉，
润玉风情娇曼。
芙蓉金步暖春宵，
君王侧、懒朝宠恋。

行宫残月，马嵬夜雨，
无语惨愁肠断。
叹应天意理枝难，
还比翼、鹊桥相见。

2021年3月30日

清商怨·辛丑清明　次韵晏殊之《关河愁思望处远》

春晖遥寄思绪满，味淡天欲晚。
窗外飞红，絮扬朦泪眼。

素眉愁难舒展，已数年、人孤亲远。
夜梦时归，娇撒谁照管？

2021年4月4日

忆江南·洛阳牡丹

抬眼望，

艳丽晚春发。

绿叶挺姿威武护，

红苞大放魅彤霞。

原野绽芳华。

深丛里，

朵朵比拼佳。

粉嫩露晶娇面叹，

浅深色润美人夸。

仙冠属国花。

2021 年 4 月 15 日

汉宫春·辛丑谷雨赏牡丹

姚魏知春，见黄红紫艳，遍野初芳。

清新谷雨，暖催袅袅幽香。

烟汀水岸，懒扬飘、残退春光。

青杏小、夭桃粉落，蜂追蝶闹花王。

近探看，凝眸久，恋闪晶剔透，仙冠霓裳。

愁来念伊，叹路远海苍茫。

嗟唏独享，怎知人、千里思量。

团一束、红笺驿使，殷勤寄语还乡。

注释：

姚魏：姚黄魏紫。指宋代洛阳两种名贵的牡丹品种。

2021 年 4 月 20 日

画堂春·和鸣凤求凰 纪念司马相如诞辰2200周年

绕梁绿绮凤求凰，

抚琴语诉衷肠。

美人倾慕会东墙，

携手相将。

共挽鹿车酒肆，

白头吟唤君郎。

巧回无意止哀伤，

故剑情长。

注释：

绿绮：古琴样式。一说为古琴别称。

共挽鹿车：旧时称赞夫妻同心，安贫乐道。出自《后汉书·鲍宣妻传》。

故剑：结发夫妻情意浓厚。指不喜新厌旧。

2021年4月23日

一剪梅·暮春夜色

夜色阑珊锦水迢，

江上舟摇，岸上杨飘。

翩翩群舞楚条腰，

观者逍遥，唱者春娇。

缓步风柔伫小桥，

春来声悄，春去声消。

喜红爱绿把愁抛，

美也今宵，乐也明朝。

2021 年 4 月 26 日

眼儿媚·学观日记

殚见才知聚堂欢，精彩巧思传。

阐经引故，才高震耳，析解连环。

徜徉风韵梧桐里，夜色对春闲。

也应似旧，笙歌迷醉，飘漫香嫣。

注释：

殚见：见多识广。形容知识渊博。

香嫣：指娇艳芳香的花。

2021年4月28日

行香子·五一游感　酬和苏轼之《茶词》

共享暇逢，携手情同。
路悠长、欢喜从容。
笑言叽喳，兴致无穷。
看车儿炫，歌儿亮，趣儿浓。

触心别绪，豪饮千盅。
觉思量、倦醒清风。
远山遥水，吐款深衷。
愿身长健，颜长美，绩长松。

2021年5月2日

鹊踏枝·辛丑立夏

几日闲云行客路，
地异朝斜，似凤优游处。
兴致归家春已暮，
杜鹃啼唱荫荫树。

满眼石榴红乱吐，
青竹盈盈，静悄阴亭午。
憩睡醒来无思绪，
倚阑聊奈听莺语。

2021年5月5日

长相思·母亲节感

风也柔，夜也柔。
陶醉笙歌市难休，朦胧倦倚楼。

思悠悠，念悠悠。
姹紫飞红时水流，相逢知尽头？

2021年5月9日

虞美人·暇日乐聚

风柔暇日闲情趣，
兴致欢相聚。
美人依旧靓姿颜，
幽韵仙云雅致、似当年。

述怀俊玉杯盘垒，
梅子香醺醉。
踏歌霓闪夜阑深，
气爽馨闻栀子、漫花荫。

2021年5月15日

五律·五月培训记

风清栀子盛，五月爽心遥。

将帅宽疑定，慈师解惑描。

川军多壮士，蜀将万雄枭。

影视高峰战，扬眉志敢超。

2021年5月20日

破阵子·辛丑小满

丹若催红易熟，小荷生绿成圈。

麦浪金黄波荡漾，风浅氤氲燕跃翻。

鸳鸯池上眠。

日暮柳高摇坠，黄昏栀子香绵。

白玉花甜妍外净，雪样幽芳忽鼻端。

着迷醉馥间。

2021年5月21日

沁园春·川传观感

气淡云轻，昼景日长，偶嗅香飘。

看川传内外，红墙碧瓦，洁廊宽径，翠染黄梢。

喜燕叽喳，兴蜂游弋，多彩仙球芳绽娇。

客迎到，渐朗晴天灿，西岭观描。

回眸影像思遥，今巨变、似层叠浪潮。

叹须眉不让，胸中万卷，英姿巾帼，志比雄枭。

翘楚群星，川媒俊属，华夏风流领笔骚。

俱往矣，祝凤飞龙翥，游彻云霄。

2022 年 5 月 30 日

106

望江南·美娇生日记

眉黛秀，

俊俏靓颜童。

肤似凝脂婵皎洁，

眼如秋水雾朦胧。

玉润好花容。

新岁到，

慈爱聚亲逢。

鱼跃龙游凭海阔，

鸟飞鹰击任长空。

展翅乘东风。

2021 年 5 月 30 日

浪淘沙令·辛丑芒种

虹霁映秧田，翠绿春山。

青梅滴露味滋酸。

惹眼石榴花绚放，石径蜿蜒。

登顶任凭阑。峰叠江宽。

农忙种稻望丰年。

喜乐流连飞日过，夜已阑珊。

2021年6月5日

109

忆秦娥·娄山关　酬和凯文老师

长空净，登高凝望尖山静。
尖山静，柳杉苍翠，松柏苍劲。

喇叭声咽狼烟警，马蹄声碎兵行影。
兵行影，而今欣叹，乾坤天幸。

2021 年 6 月 7 日

锦堂春（乌夜啼）·辛丑端午

栀子残香绝恋，
榴花带雨清安。
年年端午菖蒲酒，
丝彩粽身缠。

好语舒心浅醉，
欢歌倦舞酣眠。
浮生幻影白驹过，
暇日享悠闲。

2021 年 6 月 13 日

喜迁莺·《冬季恋歌》追感

初恋动，爱心和，

娇怨任蹉跎。

雪飘千里寄冰河。

缘续叹多磨。

英帅郎，柔靓女，

亮眼锦衣行举。

靡风东亚泪沾襟。

星闪灿如今。

2021年6月18日

诉衷情令·辛丑夏至

夏荷风举似红梅，蝶舞逗双飞。
日当午闷催懒，散漫步堤围。

衣汗潓，柳疲垂，水萦回。
人稀花径，闲逸香迷，茗品难归。

2021 年 6 月 21 日

七绝·夏夜

清风雨洒阴云夜，

夏至欣逢降暑凉。

兴致琴音心意醉，

忽飘茉莉暗来香。

2021 年 6 月 24 日

千秋岁·百年华诞赞

夏荷粉灿，

又报旗华诞。

百年壮举艰辛叹。

红船初孕育，

结籽千千万。

寰宇撼，五洲聚目神州看。

彩女钗眉婉，

郎俊容妆展。

同乐奏，千秋赞。

绕梁轻歌舞，

锦色流光炫。

声隽永，情深袅袅穿云曼。

2021 年 6 月 28 日

洞仙歌·纪念毛泽东

千奇将帅，

大略雄才赞。

唤起工农百千万。

走泥丸、降虎龙换新天，

挥毫看，

爱洒江山无限。

离人愁何状，

孤枕星稀，

杨柳轻飏渡河汉。

有侠义柔情、温婉悠长，

男儿字、游笺款款。

诗词美、君王尽折腰，

凌云志、风流俊豪兴叹。

2021年6月30日

115

西江月·辛丑小暑

梅雨阴晴潮润，

暑风浓软熏蒸。

乱蝉高柳竭嘶声，

荷艳娉婷丽影。

茶淡味凉身健，

花幽香蜜书听。

难知雨暮与云腾，

欢喜韶光乘兴。

2021年7月7日

唐多令·烟雨过双流

烟雨过双流，

空航收眼眸。

近十年、伤感心头。

牧马山青人远去，

花田在、泪和愁。

香舍翠芭悠，

逸园锦鲤游。

把酒欢、月照亭楼。

水逝落红无意在，

今世断、爱难求。

2021 年 7 月 17 日

雨中花令·辛丑大暑

晚暮玉珠盖脑，
逃散花姿失俏。
暑气熏蒸人怠倦，
天降甘霖到。

闲坐品啜烧仙草，
观日落、一枝香袅。
叹此刻、霎凉风露好，
明月清空照。

2021年7月22日

五律·赠友人

俊朗文殊化，黄尧晋地来。

传帮生勇智，辅助亮英才。

四季繁花赏，春秋美味嗨。

流连情谊在，骏马跃高台。

2021年7月31日

卜算子·辛丑立秋

细汗面晶莹，
暑尾蝉哀唱。
一霎荷塘过雨来，
惬意清凉爽。

院静待黄昏，
竹影微风荡。
把酒欢言换季欣，
硕囤秋源上。

2021年8月7日

鹊桥仙·辛丑七夕

水清月静，花香云蔽，
朗灿初秋天上。
欣怡苑落喜人家，
看门外、清流叠嶂。

三杯邀好，群朋聚乐，
音绕越山吟唱。
七夕银汉叹人间，
笑浊世、随波逐浪。

2021年8月14日

菩萨蛮·初秋丽影

丽姿倩影香腮雪，

道夫晶闪清风月。

粉黛俏堂楼，

意融透眼眸。

环球音律动，

双子炫疏梦。

美味伴声莺，

鞭长儿女情。

2021 年 8 月 17 日

121

醉花阴·辛丑假期

酒醉探戈柔匀速，山影穿疏木。

人在绿荫中，残暑清凉，情怨屏风曲。

好君绿蚁杯须覆，灯照青城绿。

街子巷堂深，夜放千花，星雨流连复。

2021 年 8 月 18 日

探芳新·辛丑中元日
次韵吴文英《吴中元日承天寺游人》

锦城头，

正雨风萧瑟，汗干残溜。

太古人繁，

花伞轻摇笼昼。

云清淡，空麝散，俏凌波，萦翠袖。

末周闲，如屏画，烂漫游人如绣。

肠断凝思伫久，

意趣溅连波，中元簅岫。

一点灯前，祈告心焦人瘦。

双亲知，难世处，寂西窗，人散后。

怕秋深，飘零怨，叹怜庭柳。

锦缠道·辛丑处暑

晓黛游窗，

唤醒市传声动。

瞟霓虹、闪长情重。

畅酣昨夜青郎用。

倦睡清凉，

季换禾登弄。

倚高楼望源，

雾轻纱笼。

暑飘离、万红消宠。

幸有黄、渐次金波垄。

道循天地，

复替欣然送。

2021 年 8 月 23 日

南歌子·辛丑白露遥思

晓露沾芳草，

秋阳映阔门。

柳垂风绕练歌春。

湖静凌波、闲看钓鱼人。

鸿雁南飞远，

新凉日渐沦。

语频遥寄叹寰尘。

怎向心头、亲爱梦牵魂。

2021年9月7日

太常引·中秋偶感

中秋前夜望金波，

云厚盖银河。

樽酒敬姮娥，

怎不见、霓裳羽罗。

雨稀花影，风微叶颤，

缥缈转声歌。

偶嗅桂婆娑，

长路远、人间爱多。

2021 年 9 月 18 日

虞美人·中秋美人

绿青小院芳花俏，

秋漫情思妙。

青城云喜晓轻风，

依旧爆花新月照心中。

邓君韵味歌常在，

情意冰初解。

释怀明灿酒樽深，

满鬓微霜染雪思难禁。

2021 年 9 月 19 日

念奴娇·辛丑中秋

楼高远眺，看银光西岭，澄爽清涤。

秋入青冥千万顷，蟾影吞消蓝碧。

桂子金黄，杜鹃娇艳，莺雀追香迹。

闲庭莲步，逗团红鲤游弋。

斑驳光洒车龙，午邀乘兴，赏月携闺蜜。

峻岫山林清露沐，翘盼冰轮今夕。

曼舞轻纱，酒红初上，鬓鬈迎音律。

举杯吟唱，醒来笙曲周寂。

2021 年 9 月 20 日

128

秋波媚·辛丑秋分

残叶飘零坠梧桐，明月伴秋风。

浓馨桂子，淡香茉莉，蓓蕾芙蓉。

倚阑清爽亭楼外，赏夜画屏中。

疏烟眉蹙，一番惦挂，两处情同。

2021年9月24日

七律·国庆

气爽天清心绪美，新妆绣缛品香茶。

倚阑眼入瑶芳锦，登顶身披绚丽霞。

晴日人潮街展彩，晚凉灯灿夜舒华。

九州围望炎黄树，祝寿繁延绽万花。

2021年10月1日

五律·四首　酬和凯文老师

梅

月照清凉夜，寻梅小径来。

寒冰枝上落，玉骨蔓横回。

俏丽迎风灿，馨香傲雪开。

千花羞愧去，翘首映春腮。

兰

兰蕙满芳亭，春秋次第青。

幽香飘宛曼，娜袅舞娉婷。

蜂炫痴情表，莺歌挚爱听。

鲜姿摇秀色，纯静享安宁。

竹

清夜沐松涛，繁星盖竹篙。

风吹竿滴露，月照叶摇绦。

高远凌云志，修长破雾豪。

花中君四友，有节品坚操。

菊

日暮重阳到，安闲煮菊茶。

清香飘画壁，暖煦透残霞。

碧绿分杯盏，金黄一朵花。

恬然高格品，淡雅惹人夸。

2021年10月5日

思远人·辛丑寒露

重见芙蓉寒露染，秋意念伊远。
看萧疏落叶，枝流珠玉，清冷倦天晚。

月来许向婵娟愿，力挫世间舛。
灭肆疫故常，锦衣游野，秋千乱飞眼。

2021 年 10 月 8 日

一剪梅·辛丑重阳　酬和凯文老师

一剪芙蓉梦唤春，
花下凝神，月下销魂。
薄纱轻雾晓丝云，
庭院深深，落叶纷纷。

耄耋重阳把酒论，
醉了黄昏，叹了青春。
夕阳红彻伴佳人，
贵了儿孙，耀了名门。

2021 年 10 月 14 日

三五七言·深秋

深秋夜，夜未宁，

细雨湿衣润，金桂熏巷盈。

山歌畅怀情志远，酌饮微醺浪漫情。

2021年10月21日

散天花·辛丑霜降

银杏青黄送晚秋，

梧桐飘落叶，雾环楼。

芙蓉霜降白描头。

街长人影乱、众川流。

天命无常岁月悠，

春风经四季，懒回眸。

犀香落日照汀洲。

夕阳金耀灿、去烦忧。

2021年10月23日

思帝乡·赏《梦中的婚礼》曲
酬和温庭筠之《花花》

琴琴。梦中仙妙音。

婚礼曼纱轻婉，踏歌吟。

秋晚夜深宁静，奈何云厚阴。

惟有暇闲欢度、暂宽心。

2021 年 10 月 29 日

七律·群英会　酬和鹏举老师

锦江清澈芙蓉秀，幻出灵波与智毛。

言辩巧评诸葛语，文章缵述屈原骚。

大鹏兴朗豪情颂，芳雅铃声乐趣淘。

伯帅逗群滨勇赞，时艰战疫志更高。

2021 年 11 月 3 日

一剪梅·薄雾烟浓万籁宵

薄雾烟浓万籁宵，

杏树黄黄，锦水迢迢。

零星灯闪寂人寥，

仙影翩跹，靓帅逍遥。

夜渐寒深酒渐消，

醉里余欢，琴浪轻敲。

城头车喊路张嚣，

星躲云藏，再见明朝。

2021 年 11 月 15 日

临江仙·回眸《上海滩》

浪奔回绪江水逝，缓延淘尽忧愁。

世间爱恨永难休。

青山依旧，情切意相求。

夜深暗香薰室暖，隔帘翘望群楼。

经年回首曲悠悠。

文强英武，程怨泪回眸。

2021 年 11 月 19 日

钗头凤·辛丑小雪叹感

寒风骤，千花瘦，

杏黄红叶层林秀。

怜日短，烟昏眼。

寂寥人稀，疫邪消散。

盼！盼！盼！

关窗牖，缝花扣，

备衣迎雪罗襦绣。

流年转，鬓霜浅。

无奈相思，道长人远。

叹！叹！叹！

2021年11月22日

喜春来·琴思

九儿送我天边画，
心暖蒿芦满赋花。

高粱熟透映枝丫，
问暮鸦。
香枣可回家？

2021 年 11 月 23 日

卜算子·贝加尔湖畔思感

水静渺风平，
山伟沙洲利。
沉醉春风绿草茵，
爱恋迎天地。

月光伴云飞，
湖面羞娇丽。
篝火流连那温柔，
媚眼融融意。

2021 年 11 月 26 日

诉衷情令·周末琴思

闲情闺聚饰新妆，难老去风霜。

清歌曼舞飘逸，晓媚黛，远山长。

聊趣事，惜流光，叹沧桑。

喜欢依旧，爱恋偏偏，最断人肠。

2021 年 11 月 29 日

沁园春·无思

南国温馨，渐绿金黄，银杏嚣张。

看椭圆铺地，小心人迹，乐欢技摄，情漫飘香。

北雪轻盈，摇姿六片，万里长城故本汤。

微醺罢，凭安宁无语，往事难伤。

蓉城如此霓裳，引无数、俊豪归故乡。

有笔头千字，扬雄万卷，相如有赋，传世音昌。

情怨薛涛，慧能武曌，豪迈中华万古长。

而今叹，但优游卒岁，且愿安详。

2021 年 12 月 2 日

烛影摇红·辛丑大雪无雪记

微雨深寒，
杏黄湿履迎风乱。
苍山烟黛雪难寻，
翘首昏天看。

犹记那年飘漫，
俏模样、悠飏六片。
今无仙迹，幸有香梅，蓓珠初现。

2021年12月7日

后庭花·蓉城夜阑

蓉城银杏黄优晚，史言深浅。
聚朋高座三星侃，雾迷群叹。

轻声慢发灵犀辩，小思频现。
一流屏霸川誓展，傲娇祈盼。

2021年12月9日

142

醉太平·锦笺新岁愿流香

齐飞凤凰，

共眷鸳鸯。

锦笺新岁愿流香，

写浓情满张。

晚妆帘镜寥思量，

旧时亲爱好欢畅。

腊梅俏蕊又鲜黄，

叹山重路长。

2021年12月11日

阮郎归·《空港》情思

东风拂面笑颜开，
春思情满怀。
眼波才动被人猜，
嫣红香俏腮。

微醺醉，散歌台，
落花满玉阶。
望寻不见俊郎才，
倚阑痴愣呆。

2021 年 12 月 18 日

菩萨蛮·旧友欢聚

小琴秀慧欣欢聚，
樽前聊话情深絮。
年少志存心，
铿锵慈善深。

明珠前辈帅，
杜总今丰绩。
遇酒且呵呵，
人生能几何。

2021 年 12 月 19 日

醉花阴·辛丑冬至

薄雾郁阴天短昼，锦被层叠厚。
鬓拣雪丝惊，慰有梅枝，凛冽香风透。

夜阑酒肆黄昏后，拳令欢赢斗。
心暖热升腾，寥落烟飞，还看人间秀。

2021 年 12 月 21 日

行香子·贺电视剧《一路向前》开机

绿树萦烟，彩带飘然。

大千园、欢喜人攒。

晓风似冷，言暖心间。

有红梅香，丽裙艳，帅君喧。

好剧欢言，一路向前。

赠旌旗、豪迈军团。

致诚携手，再靓渝川。

唱中华情，国昌盛，富民安。

2021年12月22日

画堂春·赠王丽女士荣休礼词

红妆慧智带香风，
语柔妙事玲珑。
创谋排剧世情浓，
精划丹衷。

把酒忆来欢笑，
丝丝趣味无穷。
霞光晚照乐从容，
携手相逢。

2021年12月25日

七绝·张素华老师荣休感语

慧中秀外语柔绵，

敬业精专助带传。

开启华章光晚照，

枝头红杏乐家圆。

2021年12月25日

画堂春·赠张莉萍女士冬日美景赞

玉墙红瓦地金黄,

斑斓间洒阳光。

晓寒疏影醉梅香,

欢趣心房。

手捧叶挥飘散,

流连庭院徜徉。

霞光晚照愿和祥,

日久天长。

2021 年 12 月 26 日

鹧鸪天·元旦

夜闪星灯树笼纱，
童娃嘻窜正喧哗。
大慈金灿迎新月，
太古流香沁雪花。

岑有际，海无涯，
又嘘岁老访人家。
红尘悲乐千台戏，
心蕴莲荷映彩霞。

2020年1月1日

七绝·和友人之小寒

漫雪银铺正小寒，
琼枝玉树绽花坛。
香梅冷傲行人叹，
此景多姿共赏欢。

2020年1月6日

阮郎归·次韵　友人之京华夜雪

玉妆洁漫静无尘，

尖尖山镀银。

步匀独慢净心身，

寻梅姿又新。

香世界，俏乾坤，

美馨爱浸人。

琼枝瘦骨展眉痕，

雪和共报春。

2020年1月7日

150

临江仙·欢宴　次韵苏轼《夜饮东坡醒复醉》

飘漫梅香欢聚醉，阑珊兴忘时更。

竟欢精彩掌声鸣。

调元惊在世，苏轼现豪声。

伉俪高才琴瑟慕，冰姿娇自连营。

洁筠香雪气和平。

晚来妆面媚，秀外慧中生。

2020 年 1 月 17 日

七律·小年

深寒料峭浸云天，细雨霏霏正小年。

洒扫迎新终旧岁，张灯喝彩首春联。

秋筠老矣无波眼，灿艳青葱媚动婵。

万嘱临行眸泪闪，轻音絮语奈无眠。

2020 年 1 月 17 日

七绝·次韵友人之大寒

梅灿娇姿战冽风，

致寒邀雪傲骄同。

骚人阁笔何须叹，

最胜银妆点艳红。

2020年1月19日

五律·守岁　次韵李世民之作

雅宋琼枝殿，华唐凤榭宫。

年年迎瑞雪，岁岁送春风。

舞伴梅姿素，歌喃一品红。

岁除团聚夜，万古乐其中。

2020年1月25日

153

临江仙·庚子立春

醉想春来家宴美，燕归阵列安排。
佳肴莺唤伴君来。
韵梅娇盛艳，行乐述情怀。

暴虐瘟神汹霸冷，乱华晴盖阴霾。
寂寥空巷柳风裁。
夜宁灯欲睡，独饮酒醺开。

2020 年 2 月 4 日

清平乐·春日感

饮食味浅，惆怅光阴慢。
柳吐金丝无意看，枯叶落摇片片。

稀落断续吟蛩，飘丝入耳春风。
万户静居休待，同心祈愿江东。

2020 年 2 月 5 日

蝶恋花·庚子元宵

记往元宵灯彻久，
香暗盈盈，欢宴年如旧。
频视言柔情伴酒，
远词美赞娇颜瘦。

今道恶风吹乱柳，
为问何愁，疫虐从源有？
街静人归家默守，
待时桃李樱花秀。

2020年2月8日

七绝·拜君会

情牵楚汉语相连，
京蜀千山共意传。
傲逸澹幽君礼拜，
拔茅勉励和新篇。

2020年2月9日

江城子·伤患　次韵苏轼《江城子》

天连江远渺茫茫，

细思量，痛难忘。

魔患逍遥，楚地号凄凉。

鸟骇雾弥人恐颤，

冬日夜，雪加霜。

枭雄传世誉荆乡，

瑾凝窗，美乔妆。

赤壁风流，今叹业萧行。

神注白衣军共战，

云雨散，霁新冈。

2020 年 2 月 14 日

157

梅花引·次韵万俟咏《晓风酸》

话梅酸，酒醺干，

望断南飞群越关。

影形单，影形单，

家户闭寥，

人间齐渡难。

春梅惊破蓉城雪，

轻霜弥盖廊桥月。

叹心宽，叹心宽，

花灿簇边，

看灯频倚阑。

2020年2月15日

谒金门·愁绪　次韵友人

丝丝雨，

思绪乱纷心底。

莺雀穿花原肆意，

哪知愁叹曲。

闭户蹉跎春季，

泪染柳烟涤洗。

潮浸巷楼人敛迹，

冷湿心静律。

2020年2月19日

七律·春望

远近嫣红竞自开，花仙驾鹤送春来。

庄生晓梦何曾落，望帝春心哪叹哀。

炫彩蝶儿迷看客，啼红杜宇跃青苔。

年光盛景休虚过，香径馨园乐畅徊。

2020年2月19日

青门引·二月二记　次韵张先之作

日灿还风冷，孤远陌辽人定。
慵迟钝懒眼昏明，快沉过午，叹似旧长病。

轻柔二月楼头醒，夜望安宵静。
暖春柳映明月，剪丝凤愿浮帘影。

2020年2月24日

忆江南·庚子惊蛰

人禁久,

晨起懒描眉。

思盼春分天降雨,

祈求蛰日地惊雷。

衰疫败尘灰。

高楼望,

百鸟旧巢回。

嫩柳青黄朦绿过,

夭桃淡粉乱红飞。

万物正芬菲。

2020 年 3 月 4 日

西江月·祝寿词

天命跌撞而到，

暮阳炼洗还栾。

美琴儿女笑迎喧，

樽满情浓相劝。

糕霸爱心完胜，

海山难断佳缘。

顺随祈愿晚祥年，

长贵白头永健。

2020 年 3 月 10 日

永遇乐·寄语春分
次韵李清照之《落日熔金》

落日熔金，暮云合璧，高立阑处。

美酒清歌，流连不住，暖意知应许。

春分情寄，花姿茂盛，疫过病衰逢雨。

食舒心，珍馐美味，自得忘求诗侣。

山楂律动，柔音回首，同感味陈酸五。

豪放倾怀，悠扬琴越，壮志描新楚。

而今何在？英杰千古，思念江河寻去。

此时看、回廊晓月，泪还絮语。

2020 年 3 月 19 日

一丛花·庚子春分

东风有信步行轻，

羞涩面娇成。

飘飞柳翠疏烟淡，

朗清在，锦水悠平。

红乱混迷，

李桃论辩，

春色为谁生！

袅清歌韵伴情升，

时刹忆暝暝。

晶莹次第芳菲处，

小青杏、百雀迁莺。

缘此小樽，

休时尽兴，

浮镜醉嫣樱。

2020 年 3 月 20 日

七律·"美丽四川"作品赞

悦耳轻柔叹美弦，佳优展秀又一年。

川延业野芙蓉遍，蜀久文深汉烈传。

小步匆匆当记满，流星点点也描全。

遥思锦水浮千月，淡梦清河幻彩船。

2020 年 3 月 27 日

七绝·垂丝海棠

玉靥娇姿沐暖风，

垂丝粉淡灿芳丛。

飘香万缕人方醉，

独傲千花叹不同。

2020 年 3 月 28 日

思帝乡·抚琴　酬和韦庄

魂梦游，曲悠盈泪眸，
叶塞柔情娇韵，叹风流。
俊朗相逢许与，一生休。
运舛终相聚、喜娇羞。

2020 年 3 月 30 日

踏莎行·庚子清明

水阔沉鱼，柳绵穿燕，
微风桥仁蒙蒙看。
绿红渐次步轻盈，
万花当盛香飞散。

春夏轮回，情愁替换，
感伤怀远人生半。
细思沉恨羡樱桃，
多姿嫁与东风管。

2020 年 4 月 7 日

167

诉衷情令·祈盼安康

翻身一梦魇心慌，窗外艳明阳。
疫情恣意狂乱，可奈叹鞭长。

深闭户，密叮惶，驻蜗堂。
震中自保，节律娘祈，期盼安康。

2020年4月10日

沁园春·致青年节　次韵毛泽东之
《沁园春·长沙》

春末居闲，静夜鸣传，微饮醺头。
渐月华收练，温馨花媚，凝香幽散，恍梦清流。
稚气青葱，简纯凡志，万物衡均赞自由。
观吟罢，凭豪情无惧，岂怕沉浮？

回眸华夏观游，文明史、兴衰举叹稠。
有挥毫千字，墨成万卷，致君尧舜，绚烂方遒。
致我青春，换新世界，羡煞千年万户侯。
五洲看，恰中华意气，阔展方舟。

2020年4月30日

169

满庭芳·忆青春

花影迷蒙，月牙静远，夜深思绪回眸。

记青春稚，忧乐也风流。

挥汗描图继夜，追赶上、学业头筹。

翩翩舞，轻旋伴奏，音美绕堂楼。

娇羞，初爱恋，红笺泪迹，嗔怨思幽。

有樽酒邀君，一饮消愁。

今叹青丝华发，似梦里、万事还休。

歌声至，人生片段，妙趣荡莲舟。

2020年5月1日

偷生木兰花·庚子立夏

落红满地惜春老，
葱翠深繁青杏少。
声碎规鹃，
唱血催熟麦旷轩。

阁楼塘浅微风弱，
闲趣游人情炽热。
约伴齐伦，
望远乡村满眼金。

2020 年 5 月 5 日

浣溪沙·话梅　次韵友人

君语感怀续咏梅，
夏初蒸汗恋香梅，
酒醺幻影见仙梅。

衣袂飘飘游浅雪，
妆容淡淡饰红梅，
雅清身傲品和梅。

2020 年 5 月 6 日

171

青门引·初夏风　次韵友人

气爽天难冷，凝望远山形胜。

清风阵阵好光阴，绿红延遍，满眼美图景。

微醺倦懒身安定，也叹心清净。

沐芳此刻闲赏，月明映秀花姿影。

2020 年 5 月 12 日

眼儿媚·赏《文化的力量》文感

山海纷纭看神州，好剧炫头筹。

海棠红鬓，远方有志，翘楚回眸。

长安罗马千年路，归梦绕秦楼。

王牌满爱，中华安好，战疫方舟。

2020 年 5 月 13 日

七绝·唱和颂

青门引颂夏柔风，

忧乐心思异相同。

唱和传承寻此趣，

花间词美意无穷。

2020年5月14日

阮郎归·庚子小满

绿荫幽草望绵延，
鳞波泛彩船。
柳枝摇曳簇堤边，
暖风拂水烟。

栀子盛，沁心田，
酥香好梦眠。
飘熏阵阵绕堂前，
花仙夜伴安。

2020年5月19日

臣
余
穉
恭
畫

清平乐·庚子小满　次韵友人

晨清香遍，花笑柔风浅。

柳吐金丝莺语转，爽日精神拂面。

旭日炫彩高楼，荷叶盈露苞头。

望远西源梯麦，丰收喜叹今秋。

2020年5月20日

五绝·雨后　酬和友人其一

天浓黛墨云，

裹玉落缤纷。

溅喜裙衫上，

留香印渍氲。

2020年5月21日

五绝·雨后　酬和友人其二

逍遥倜傥云，

来去淡奢纷。

惹雨愁含泪，

鲛绡透雾氲。

2020年5月22日

武陵春·杜鹃催耕　酬和友人

春尽方田繁野远，
日暮倦规鹃。
婉转催耕伴雨烟，
昼夜唱无眠。

啼血流枝花样隽，
扮靓好容颜。
艳透山川点点欢，
兴致画、美人间。

2020年5月24日

南乡子·栀子与百合

次韵冯延巳《细雨湿流光》

夏半润流光，

青叶芳菲日昼长。

回首粲葱无限事，

茫茫，长夜饥寒梦断肠。

天命任情扬，

栀子幽香美梦床。

百合也来红伴醉，

斜阳，负你残春泪几行。

2020年5月27日

177

千秋岁·庚子芒种

香醇梅酒，

此季人相候。

果实润，甘霖秀。

新鲜频换盏，

观赏珠榴嗅。

红烂漫，佳人簪鬓颜花后。

原野熏香透，

金麦湖纹皱。

采菱唤，栽秧吼。

凌波船荡漾，

日烈田沿走。

人间画，天仙艳羡舒长袖。

2020 年 5 月 31 日

七绝·庚子芒种垂钓

远野金黄麦浪香，

闲来垂钓转荷塘。

红莲静睡蜂莺绕，

未获肥鱼午困墙。

2020年6月3日

踏莎行·夏日午景　酬和诗友

池卧鸳鸯，树藏倦燕，
槐高荫蔽群蝉咽。
日当院阔寂无声，
暖风熏睡催人懒。

栀子香清，株红艳灿，
室弥凉润身舒坦。
暂时小梦锦衣衫，
愁情恼事全不管。

2020年6月8日

七绝·夏日晨睡

好梦叽喳鸟闹床，

安心续睡室清凉。

难来犒享休闲日，

叹老无眠反侧忙。

2020年6月13日

茶瓶儿·樱桃　酬和友人

碧荫连天樱点缀，
季时盛、香鲜迷醉。
通透晶莹媚，
绿红镶嵌，
扮靓千千岁。

晨灿轻风山满翠，
暇日朗晴邀相会。
丰采人不累，
润光琼佩，
不忍尝滋味。

2020年6月13日

苏幕遮·庚子夏至游野 次韵周邦彦《燦沉香》

碧云天，开九暑。

金灿升腾，骚闹街喧语。

闻叹南方多泛雨。

喜乐蓉城，护佑塘荷举。

恰闲时，游野去。

帽罩行装，防疫骑轻旅。

炎溽熏蒸舒适否?

笑问佳人，惬意游春浦。

2020年6月18日

183

诉衷情令·创力作　酬和晏殊之
《芙蓉金菊斗馨香》

丹栀荷艳斗馨香，暖意射娇阳。
视频前景如画，誓力傲央黄。

同士气，路悠长，志情扬。
美川描绘，才干频出，夙愿儿郎。

2020年6月19日

诉衷情令·夏至游园

夏荷风举似红梅，蝶舞逗双飞。
日当午闷催懒，散漫步堤围。

衣汗溽，柳疲垂，水萦回。
人稀花径，闲逸香迷，茗品难归。

2020年6月21日

虞美人·羽灵佳人

羽灵游弋堂喧闹，

拍舞英姿俏。

汗延映面嫩颜红，

浓趣有痴情动乐其中。

佳人不老春常在，

身沐融融爱。

问君星月累何求？

无畏输赢康健第一流。

2020年6月27日

望远行·七一感怀　次韵友人

川魂阵列，威仪志、料峭单衣寒耐。
草鞋粗器，号角连营，嘶啸血扬旗盖。
誓死沙场，悲壮卫民枭战，盘古蜀中英迈。
帅男儿、风倜凌云气派。

霞带，晴晚颂歌影像，栩栩现、健姿云海。
斥叱破天，野烟再现，千里怒声淹寨。
良剧催生劳作，精修磨细，助力繁荣昌泰。
祝愿多精品，如江澎湃。

2020 年 7 月 1 日

迎春乐·庚子小暑

暑蒸湿燥浮山远，渍溽衫，轻摇扇。
食清凉，味索吞消慢。
喧闹市，情思乱。

总是叹，花蔫莺懒。
更有愿，人圆康健。
好梦清澄四季，刹那风消汗。

2020 年 7 月 6 日

行香子·蜀剧新看　次韵苏轼《过七里濑》

九寨云轻，五彩鸿惊。

美红原、天湛波平。

火红三线，荒战烟汀。

过泥山峭，霜山冷，月山明。

危机拯救，亲爱盈屏。

向天射、闪霸丘陵。

琢精川剧，力创功名。

愿思常新，众常品，艺常青。

2020 年 7 月 17 日

千山静·大暑春熙夜　次韵友人自度曲

春熙夜，管奏鸣，沸声人气浓。

市列长，灯璀璨，暑热心宽民太平。

看娥儿郎俊，笑语乐斗千钟。

香汗莹，俏红靥，扣手恋恣情。

嘘嘻传喝彩，滑板翘英雄。

花欲睡，月朦朦，微醺沐凉风。

倚阑干，望天幕，疏星叠万重。

忆香飘水殿，无汗玉骨仙宗。

情意绵，洞仙曲，相亲好人生。

而今再吟唱，清爽唤新生。

2020 年 7 月 22 日

瑞鹧鸪慢·庚子大暑　次韵友人

暑蒸难梦倚文轩，远传犬吠耳鸣蝉。

月影浮云，酒肆人声减，近看红花绿簇间。

喧哗一日凡尘转，晚来叹有清闲。

绣扇祛汗松衫，遥想摩诃殿、爱依然。

携望金波待夜寒。

2020 年 7 月 22 日

惜红衣·听赵雷成都之曲有感
次韵姜夔之《簟枕邀凉》

小雾窗纱，初阳丽日，醉余无力。

暑热消凉，晨茶泡新碧。

《成都》恋曲，盈耳畔、城南留客。

堪寂。凝眼泪眸，忆青春生息。

丝音绕陌，如画青莲，延今古名籍。

悠扬酒馆蜀国、玉林北。

日美宴歌家住，老少聚欢亲历。

叹此生缘际，琴奏润书春色！

2020 年 7 月 25 日

望海潮·玉林回眸　次韵柳永之《东南形胜》

纵横街巷，花楼栉比，珠玑门肆繁华。

白夜聚文，空瓶唱乐，酒歌千阙邻家。

老幼玩盘沙。有圣天茗品，血战追涯。

列户临门，罗绮试镜领声奢。

玉林春色良嘉。忆华兴味面，妹店鲜花。

两路沸捞，森林炭烤，银都聪慧童娃。

赛事荡高牙。华尔悠醉舞，娇面红霞。

如画祺祥美景，永记趣谈夸。

2020年7月25日

蝶恋花·品茶

久雨初晴山远见，

一扫阴霾，兴品茶园转。

庭院净清花艳绚，

楠台紫罐青瓷碗。

眉黛凝脂微笑浅，

纤指嫣娴，罗绣祥云隽。

红灶煮鸢甘露盏，

袅烟飘逸厅香漫。

2020 年 7 月 26 日

满庭芳·赤溪美　贺银芳女士报告文学《赤溪清水流》出版

太姥山绵，黛峦耸翠，羽仙常聚延传。

赤岩晶彩，连逦雾馨涓。

莺鸟千声唤唱，云中望、栈道连环。

清波岸，锦纱红绿，笑语簇群团。

回观，追忆那，刀耕舛逆，瘠瘦荒蛮。

有平地惊雷，力换晴川。

畲妹茶香客叹，船压梦、红鲤飞翻。

音歌曼，旺兴百业，誉美醉难还。

2020年8月2日

194

金错刀·庚子立秋

树远绿，叶微黄。阶篁霖沥渐新凉。
衰蝉竭咏来年叹，云破初晴透懒阳。

歌雅韵，夜安详。西窗竹影月斜廊。
倚阑醉问金薇艳，摇曳秋来扮靓装。

2020 年 8 月 7 日

粉蝶儿·彝乡掠影

鹭岛烟云，素光笼壕静寂。
看窗前、雾朦邛碧。
浅秋时，满目翠，微凉合意。
又重来，园径落红香蜜。

彝乡谷克，索玛艳芳娇丽。
秀山川、社村新戏。
绽央黄，舒画展，誉荣拼力。
似春风，三连第及延继。

2020 年 8 月 11 日

河满子·看信阳　酬和友人

十里南湾色灿，一船粼水波光。
报晓山尖含紫黛，夕晖凝脉斜阳。
远望沙鸥欢戏，信阳毛品清香。

观古三关傲立，自今雄圣名扬。
豫韵荆风天际汇，达衢通道连江。
华夏罗黄源此，岭南望月思乡。

2020年8月15日

破阵子·颂信阳光山　依韵友人

舟荡碧粼五岳，雁过密翠苏山。
紫塔雄姿城镇护，名寺巍峨僧教宣。
岭青绿水间。

皮影窗游妙趣，叟童围坐开颜。
司马砸缸灵动现，血染旌旗红大湾。
古今名盛传。

2020年8月17日

苏幕遮·过成都绿道

雨收晴，风浅漫。

秋色连波，雾散龙泉现。

江静飞凫歌耳畔。

暑褪丝凉，绿道群晨练。

女姿纤，男俊健。

竞步长延，比试泠泠汗。

妇叟极拳轻舞曼。

云破霞光，光映千人面。

2020 年 8 月 19 日

忆江南·秋月独酌

朦胧望，

天淡月孤零。

无意角梅飞笑靥，

懒心霓彩绽柔情。

云厚盖繁星。

樽蚁美，

酌饮捧孤零。

秋意朦朦风尽爱，

笙歌阵阵乐充盈。

邀月照兰亭。

2020 年 8 月 23 日

寿楼春·忆东坡　依韵友人之作

思中秋馨香。

月圆同水调，千古传扬。

倜傥风流词圣，蜀中儿郎。

金榜耀，三苏强。

任少年、何言疏狂。

看烂漫苏堤，英才授馆，

常尽瘁疲忙。

深情在，良缘长。

唤鱼琴瑟许，魂梦轩窗。

不了朝云凝黛，扇花清腔。

身是客，驱他乡。

坦荡怀、红尘难伤。

盛名似秋筠，

天涯踏歌留馥芳。

2020 年 8 月 24 日

清平乐·七夕前夜君昌赠冯梅

情天易老，唯有春光好。

待到秋风弯月照，只恐海棠睡了。

雁鸣南北西东，泥痕长梦飞鸿。

拣尽寒枝孤守，鹊桥唯盼华笼。

2020 年 8 月 24 日

清平乐·七夕　酬和君昌

莺啼闹早，催叹香闺老。

世事难平欢意少，苟且偷生求好。

朝观花艳开心，夜酌美酒诗吟。

哪管鹊桥与我，天天伴醉笙琴。

2020 年 8 月 25 日

风入松·庚子白露

黄昏院寂正清闲，

只看雀回还。

几丝彩晕天边划，

落霞染、

远近苍山。

眼前飘茗清露，

飞红叶洒秋千。

凉风淡淡过庭园，

藏匿偶蜩蝉。

薄衣添锦围台坐，

品龙眼、

程酒甘绵。

休论光阴如箭，

祥云隽永齐肩。

2020 年 9 月 7 日

西江月·教师节感

粉彩臂挥方尺，

讲台声领洪钟。

春蚕丝尽老仙翁，

幸有李桃千众。

祖婿初心欢共，

育人逸乐无穷。

不才今辈恼平庸，

混界师尊龙凤。

2020年9月10日

蝶恋花·过都江堰

水墨青城眉黛秀，
玉女含情，天府千年守。
铮骨二王威震吼，
顺流江阔良田有。

绿道徜徉相挽手，
斜照黄昏，风动青青柳。
侧耳岷江歌咏久，
泽恩巴蜀称魁首。

2020年9月18日

205

喝火令·庚子秋分

疫掠绵长久，封足禁远尘。夏春平患战瘟神。

重踏帝城欣悦，回首已秋分。

落晚晴如旧，红黄未见深。碧空群鹤划波痕。

醉也清风，醉也月西沉。醉也桂香迷荡，惬意俏佳人。

2020年9月22日

巫山一段云·过麓湖

薄雾妆青嶂，晨曦饰麓湖。

宽庭葱翠静人无，香桂簇松竹。

莫叹浮生难渡，美景相心祈祝。

顺随安乐不贪图，幸有好诗书。

2020年9月25日

鹧鸪天·庚子中秋

微雨潇潇秋意绵，

节双逢巧赏银盘。

亲朋约聚青城转，

好友相和月下喧。

思过往，叹当前，

古今皓月照瀛寰。

俊豪多少英雄志，

惜惋难酬道自然。

2020年10月1日

玉蝴蝶·庚子寒露感怀

噪碎攥桥声乱，倚阑迷望，幕锁裙楼。

雨打芙蓉，三醉晚紫娇柔。

夜渐长、雁行南去，

露凉冷、情志浓稠。

又逢秋，远山隔海，念满心头。

回眸，呢喃笑语，长初成媛，学趣观游。

肆意残茶，掠今何日问来由？

梦常惊、晓风残醉，

琴曲切、敛黛清愁。

愿无忧，冽凌迷雾，万事绸缪。

注释：

　　醉芙蓉有三醉，人称"三醉芙蓉"。花开时一日之内，花色可做三变：早晨初开时为白色或粉红色，中午逐渐变为深红，傍晚则成紫红色。见清代《花镜》及《广东新语》。并赋诗云："人家尽种芙蓉树，临水枝枝映晓妆。

2020 年 10 月 8 日

南歌子·网络视听大会记

扇杏青黄现，
芙蓉嫩粉开。
金秋气爽客迎来。
论剑赋能光影、聚英才。

天上平常事，
人间梦幻怀。
技融美画似瑶台。
惊诧嫦娥驾鹤、世巡差。

2020 年 10 月 14 日

东坡引·庚子霜降

黄昏秋漫雾，清晨叶凝露。
飕飕季冷寒将渡。窗遮寥闭户。

思魂叹念，安乐整驻？
难路远、牵情愫。风凉月蔽愁人处。叮咛强自护。

2020 年 10 月 17 日

画堂春·厦门峰会
次韵赵长卿之《长新亭小饮》

水天清爽淡潋溶，

角梅凤灿丹红。

日光岩上晚来风，

轻抚姿容。

故事新描商讨，

聚琼英、骏帅相逢。

飞天金冠甸千重，

襟腑言中。

2020年10月20日

系裙腰·庚子霜降

飘零疏叶饰秋妆,

红粉去、绿青藏。

天高蓝碧丝云缀,

雁字成行。

目清澈,叹心苍。

又是初寒凝锁窗,

思魂黯、绪愁伤。

薄衫长坐添衣懒,

困靠东墙。

偶瞥恍影,小猫黄。

2020 年 10 月 22 日

醉花阴·庚子重阳敬老

粉紫淡黄相喜讨，鲜靓秋光早。

气爽又重阳，天碧初晴，锦水翔群鸟。

鬓丝华发谁言老，酒满相邀好。

莫道日多长，自在心宽，舒坦逍遥了。

2020年10月25日

忆秦娥·过太古里

熙攘路，火锅香辣连排户。

连排户，吆喝声亮，串摊拼驻。

汗微娇面嫣红露，浪翻滚沸兼荤素。

兼荤素，畅酣啤美，醉身云雾。

2020年10月29日

五律·庚子立冬

排杏描金粉，斑疏日影烟。

菊延多婉丽，酒肆尽姿妍。

市列珠玑炫，堂楼绮绣穿。

春熙冬未至，太古似春天。

2020 年 11 月 7 日

一剪梅·冬日盛事感怀
次韵李清照之《红藕香残玉簟秋》

灿叶金黄日过秋，
白鹭黄鹂，垂柳轻舟。
同迎盛事聚君来，
光洒蓉城，情满堂楼。

齐力合心似暖流，
筹划精良，消解前愁。
美川壮丽秀银屏，
笑挂眉头，喜在心头。

2020 年 11 月 13 日

最高楼·庆大奖

灯璀璨，

七彩绕华堂，

肤雪晚新妆。

轻歌声引京城月，

舞柔姿展画屏墙。

荡春风，携手贺，艺能强。

勤思作、风餐迎露雪。

靓笔墨、摩描劳夜彻。

情侣路、看沧江。

游观万里云光蔚，

走闻四十地馨香。

叹今成，桃李盛，举琼觞。

注释：

　　其中《沧江日夜东》《情侣路》《四十城 四十年》《万里山河万里情》荣获此次大奖，该词引用。

2020 年 11 月 14 日

画堂春·庚子小雪

南城梅笑探枝墙，

疏层铺径银黄。

北闻初雪落厢房，

素淡苍茫。

闲懒高楼迷望，

雾游寒浸生凉。

乱花无意上新妆，

蛛锁芸窗。

2020 年 11 月 22 日

鹧鸪天·贺电视剧《没有硝烟的战线》开机发布
次韵辛弃疾之《晚日寒鸦一片愁》

断线风筝苦雨愁，

两情伤误忍安柔。

铮铮铁骨含离恨，

怨怨冰肌熬白头。

肠已断，泪难收，

男儿隐志望云楼。

山河残破新颜换，

华彩青春要自由。

2020 年 11 月 30 日

暗香·庚子大雪遥思 次韵姜夔之《旧时月色》

天光银色，有锦衣佩剑，弄吹横笛。

陌上相逢，共赏香梅欲攀摘。

惊梦而今笑叹，千种戏、尽情挥笔。

延古今、才子佳人，愿眷属同席。

　

他国，正冷寂。望路遥远山，雪飞深积。

尔闻号泣，荼毒无声耿殇忆。

万嘱相扶携手，紧闭户、心宽清碧。

待长夜、春烂漫，喜兴还得。

2020 年 12 月 7 日

鹧鸪天·惊叹冰肌闻玉香
次韵晏几道之作

惊叹冰肌闻玉香，
忽疏学霸醉颜狂。
经年枝叶修青草，
新岁金竿照凤阳。

云渺渺，水茫茫，
几回归梦路多长。
相思也盼春花看，
嬉闹红桃差间行。

2020 年 12 月 11 日

七绝·贺《金色索玛花》即播

装台韵味品唇篇，
索玛多姿又喜连。
寒日雪飞家暖意，
围炉赏剧赞名川。

2020 年 12 月 14 日

清平乐·庚子冬至

冷寒催老，晚寂人行道。
落叶金黄萌蘖少，寻看梅花蕊小。

楼远灯闪如星，幸得屋暖香迎。
微饮无思懒倦，银屏搅梦丝鸣。

2020 年 12 月 21 日

玉楼春·庚子寒冬岁末晚记

冬深料峭寒风晓，清皱粼纹垂钓少。
晚来熙语市灯延，惊喜梅香春意闹。

美名柳浪相邀好，几个嘟嘟情未了。
归云藏月道轻安，醉梦暖眠酣一觉。

2020 年 12 月 28 日

七绝·观海螺沟

惊叹仙光耀雪山，

随娴半月色斑斓。

海云飘媚冰川秀，

也醉蓬莱绕雾间。

2019年1月30日

五律·除夕

气爽蓝天碧，年华蕴味隆。

寒羞藏瑞雪，暖闹沐春风。

喜看梅姿素，欣瞧郁艳红。

兰台心惬意，岁夜祝君融。

2019年2月4日

踏莎行·木里行

年画镶红，木棉连绽，
深游木里春风伴。
奇寻洛克美园踪，
丛峰耸立黄金岸。

运变能移，俗延不变，
巍峨寺俊葱荫半。
诵经晨朗日霞迟，
万尊慈爱人间看。

2019年2月8日

225

忆江南·赏雪梅

晶莹雪，

凌片美冰华。

仙女抛空纤絮白，

精灵翻织亮银纱。

观赏喜兼茶。

乘兴步，

迎暖迈门家。

窗看漫天游翅羽，

素红相嵌遍无涯。

香醉尽梅花。

2019年2月16日

玉楼春·元宵节

罗绣新丝金密线，迟洗晚妆霜发乱。

快梳邀看舞龙狮，传道元宵灯彩换。

熊稚宝莲斑彩幻，轻乐耳盈花灿烂。

你嘻我笑粉香流，水映柳枝明月看。

2019年2月19日

鹊桥仙·婚礼赞

华灯艳闪，嘉宾蕴喜，

探望鹊桥仙路。

才郎媛媚感情延，

更胜却、人间无数。

柔情似水，佳期如梦，

共祝生无虚度。

两情深爱久长时，

愿永久、朝朝暮暮。

2019年2月23日

踏莎行·青城观色

小径蜿蜒，芳菲绿遍，
青城翠色绵长见。
晓风细雨沐春风，
影红梅艳心舒灿。

风月丹青，春江画卷，
歌扬姿舞文欣炫。
方知老去愿身闲，
人间欢悦成仙羡。

2019年2月23日

忆江南·己亥惊蛰

春雷响，

群燕诧浑纭。

原傲雄姿齐阵列，

闻惊威武窜层分。

飞遁避羞人。

应喜乐，

福瑞兆祥云。

花卉惊蛰描绚景，

雀莺灵动闹红尘。

禾米满乾坤。

2019 年 3 月 9 日

五律·和诗友

地阔若方笺，香毫任我填。

丹青描画色，妙笔运书言。

春尽花颜老，秋丰谷灿还。

携君极远目，惬意伴青杉。

2019年3月20日

清平乐·己亥春分

桃梨又现，年季更新换。

渐欲烟花朦望断，柳绿春风两岸。

中分昼夜相同，途舛暗弱灰蒙。

回首经年沐雨，愿呈晚景延红。

2019年3月21日

满江红·和友人峥嵘岁月

淡酒微醺，蒙眬眼、儿时幻影。

欢跳跃、路长稔岁，月华轮景。

春去秋来归梦叹，日升暮遁还晨省。

问人生、得意几峥嵘，当思警。

君若问，常乐兴。闺偶望，歌声咏。

看花开雪落，倚窗消冷。

百载休谈功誉道，经年慎越崎岖岭。

便袖手、随愿抱琴书，云间请。

2019 年 3 月 22 日

西江月·次韵张孝祥《阻风山峰下》

满眼望穿春色，
溢眸无际霞光。
绿杨烟外洒斜阳，
飞燕穿枝腾浪。

风暖飘香人好，
悠然愁事何妨。
心开持酒靓衣裳，
相映桃花塬上。

2019 年 4 月 5 日

清平乐·己亥清明

倚栏望燕，时速愁春半。
柳绿飘丝莺语浅，花美开繁已倦。

绿翠又见青松，思亲百绪如风。
泪眼问花残片，乱红飞絮迷蒙。

2019 年 4 月 5 日

南乡子·清明春游

日暖蕴清明，

芳草风和树闹莺。

擦镜照花颜玉老，

声声，吟唱思亲旧曲聆。

轻步赏花亭，

遍看桃樱靓翠英。

薄幸此生参半笑，

盈盈，负你残春泪几行。

2019年4月5日

临江仙·神思

夜饮微醺杯酒伴，高楼闪烁挨排。

俯栏望叹美开怀。

灿星溶月在，仙境画中来。

魂窍神游风沐暖，眷亲怜爱愚才。

世间万事解心开。

缘来缘去顺，欢笑勿疑猜。

2019 年 4 月 12 日

忆江南·《梦游牡丹园》次韵友人之作

春宵梦，

悠赏牡丹园。

平野嫣红迷眼遍，

青山浓翠黛蒙前。

摹画罩苍烟。

观细看，

雅致片重繁。

花浅妍深鲜嫩靥，

露浓匀溢润裙边。

诗美荡心间。

2019 年 4 月 16 日

蝶恋花·次韵友人之大孤山杏梅

晨静春香烟水雾，

花影孤山，排绽如仙树。

欣喜懒妆匆探路，

却寻美景寥村户。

情叹对梅伤怨诉，

世路如今，厌倦难平处。

缥缈境纯长愿住，

日闲伴月酣甘露。

2019 年 4 月 18 日

一剪梅·己亥谷雨

谷雨风清喜尽寒，

芳草溪边，野渡归舷。

西村秀水荡波澜，

鱼列游欢，白鹭蹁跹。

山色清明怡爽天，

云也悠然，风也悠然。

良辰好景酒邀仙，

醉在心间，美在人间。

2019年4月22日

卜算子·酬和友人之潍坊风筝会

天湛沐春风，

飘动鸢游走。

杨柳垂边坝聚欢，

观技群才秀。

蜓健傲冲霄，

龙舞姿摇后。

炫丽纷呈五彩鲜，

染眼斑斓逗。

2019年4月22日

踏莎行·三星堆　次韵老师之作

绿草盈帘，艳阳炫目，

春残夏猛荫荫树。

花开第次暖风催，

游三星看前国蜀。

金仗经年，青铜泛古，

奇绝惊叹如朦雾。

惑疑鬼斧巧天工，

飘思技艺缘何处？

2019年5月1日

天仙子·新都桂湖游

春尽暖风心惬意，约伴欲游荷里地。
桂湖闻说两殊尤，秋桂蜜，春荷绿。
杨慎乐安香四季。

花艳簇团迎客趣，菡萏蕊苞羞待立。
长凝光色闪平川，观玉潋，鱼游戏。
滋叹此情超圣绪。

2019年5月1日

玉楼春·己亥立夏

烟雨润枝青杏小，立夏潇潇春已老。
风摇苗秀麦鳞波，笋美樱红当季好。

野趣农家花艳俏，浑腊时鲜樽伴笑。
勿伤旧恨且平宽，开解心怀留晚照。

2019年5月6日

喜迁莺·女儿毕业典礼

音律动，沸腾喧，

白椅绿茵宽。

锦衣香彩笼云烟。

金榜赏同欢。

莺已迁，龙已化，

得意凤仙骏马。

家家拥簇影流连。

再话鹤冲天。

2019 年 5 月 14 日

渔家傲·己亥小满

日暖风悠芒麦小，

又寻栀子今怜少。

当忆殊香迷醉了，

情不躁，

待榴红艳双花俏。

一水柔蓝镶绿草，

蔷薇怒放心安好。

姹紫争繁忧恼扫，

画中绕，

人花相媚同欢笑。

2019 年 5 月 22 日

浣溪沙·次韵韦庄《清晓妆成寒食天》

最美人间四月天，

乱花朦彩似钗钿，

迷人近看粉融前。

盛艳绣球开绽朵，

密香仙客饰妆栏，

群芳婷袅忘春残。

2019年5月31日

五律·和友人

我有美音琴，痴迷自小熏。

黑白舒炫月，左右舞流云。

春曲风香蜜，冬歌雪醉心。

人生寻此乐，欢趣伴诗吟。

2019年5月31日

渔家傲·周末

夜伴栀香心惬意，

华灯初上江波媚。

漫步黄昏观锦鲤，

风旖旎，

夕阳落映佳人丽。

翠柳秀红来展艺，

楼高闪亮星空际。

周末游龙亲聚起，

兴致备，

金樽尽享闲情里。

2019年6月2日

忆江南·周末

蓉城好，

清爽绕云霞。

晴日邀游长锦水，

闲时同赏后庭花。

山眺罩轻纱。

傍晚酒，

折戏伴青茶。

腰片麻婆香烤串，

炝锅宫保辣龙虾。

和美一家家。

2019年6月5日

如梦令·己亥芒种

芒种野青花乱，风暖蛙鸣麦灿。

吟水面鳞波，云女舞烟飘散。

天远，天远，日落画屏开卷。

2019年6月7日

鹧鸪天·端午游龙池

艾草菖蒲正季香，

浴兰晨洗靓簪洋。

龙池烟柳青山碧，

紫库鳞波镜水长。

农院美，曲廊祥，

金盘盛粽配鹅黄。

清樽同祭屈曹敬，

忠孝千年承颂扬。

2019年6月8日

忆江南·电视节

江南好,

香晚落西斜。

光影奔流黄浦水,

荧屏豪放玉兰花。

佳剧赏千家。

蓉锦美,

美景续秋华。

欢捧金熊杯闪亮,

乐溶银杏树思遐。

精品颂天涯。

2019年6月11日

鹧鸪天·白玉兰绽放之夜

光照群星捧玉钟，

感欣拼获醉颜红。

玉兰洁美如星月，

桐凤宽仁似絮风。

今夜聚，此时逢，

金杯耀闪喜君同。

歌吟舞浪祥词祝，

俊朗鲛绡红毯中。

2019年6月14日

250

西江月·父亲节感

回首经年如梦，
沉思弹指惊魂。
茫茫生死两亲分，
可好天堂欲问？

乐善文章音画，
宽仁智默深恩。
把樽祈愿老仙神，
自在天宫美润。

2019年6月16日

少年游·夏日

休闲夏日蛰居楼，暑热浸门游。
夕阳窗外，灿金原上，鳞次美睛眸。

净洁幸有栀子伴，香沁醉清流。
乘兴吉时，酒微醺笑，食饮两头筹。

2019年6月29日

忆王孙·游太古里感

清风夏日灿黄昏，

拥闹熙繁攘肆门。

太古青春闪亮身。

叹娇人，

饰汉穿行百媚春。

2019年6月30日

五律·夏日午睡

食罢息昏午，云乌雨暗绸。

困疲人懒倦，糊晕脑眠休。

欲盼寐轻缓，还嗟汗串流。

霎凉甘露进，清爽睡虫收。

2019年7月2日

七绝·夏夜游园

清凉夏夜柔风伴，

惬意红颜两絮谈。

绿翠石台清净爽，

灯华绕雾放歌岚。

2019年7月4日

折丹桂·婚礼观感

莺歌喜庆音轻调，

呈祥瑞、凤鸾缥缈。

锦台花媚似仙桥，

长望去、郎潇娇俏。

一心一意同欢笑，

两情事、相商得了，

满斟深敬太金星，

修获取、几千年好。

2019年7月7日

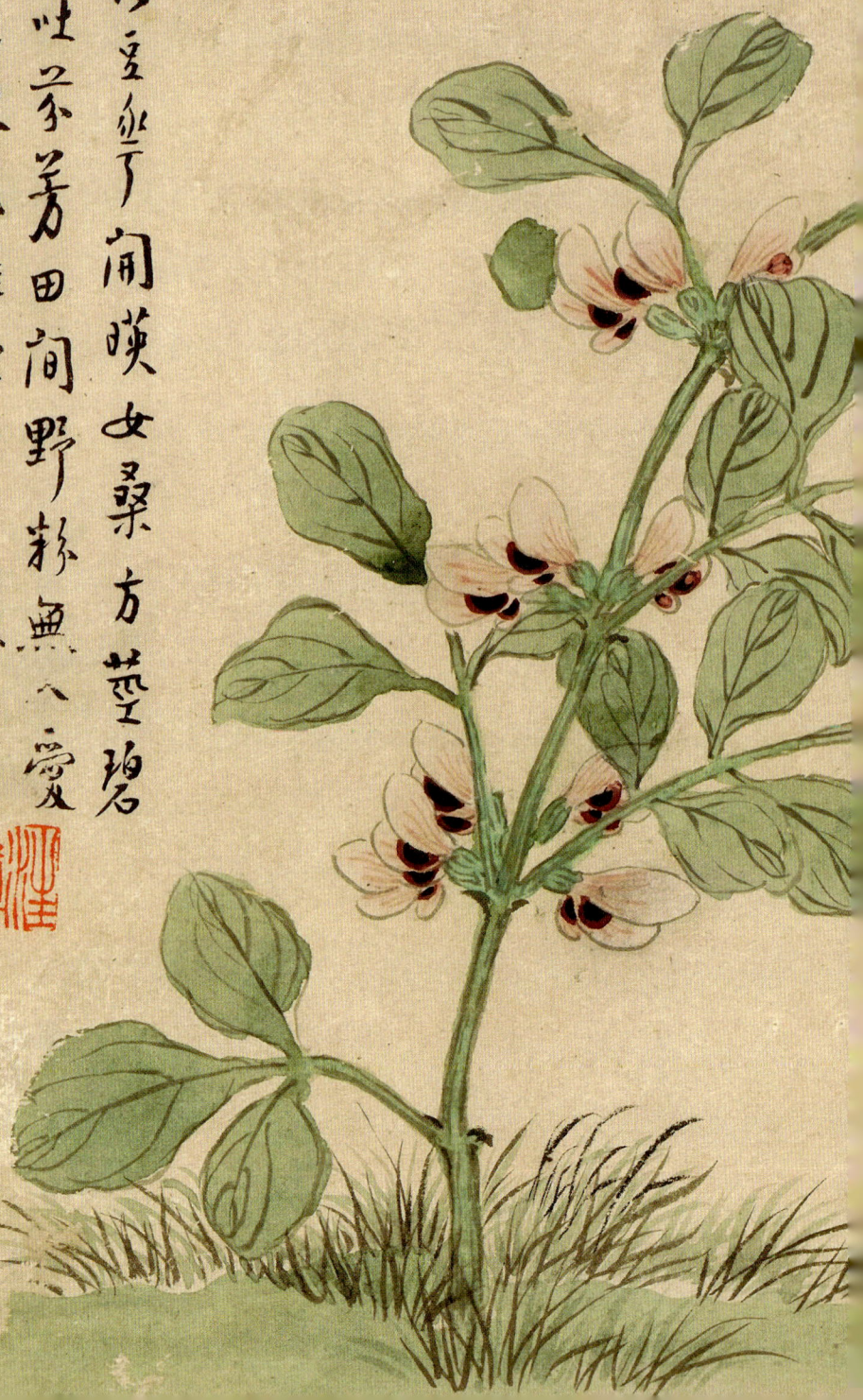

鹧鸪天·和老师之泸州酒城

老窖香迷满玉钟，

亲朋盛宴醉颜红。

琼浆源取沱江水，

玉液绵柔阳洞风。

欢乐叹，战歌雄，

金樽杯闪语相融。

浪歌穿雾天穹震，

惊引洞宾品欲浓。

2019年7月8日

章台柳·试衣乐

屏映荷，

迎安坐。

件件衫丝试婀娜。

镜里苗条可问疑，

美身貂蝉换新我？

2019年7月12日

蝶恋花·伏天桂湖游

却道蝉鸣辰暑久，

伏夏轮来，薄汗轻衣透。

诗画桂湖亲聚友，

气和祥美风光秀。

映日荷花堤上柳，

游转桥廊，粉绿娇含首。

群舞律歌香满袖，

太平惊叹升庵诱。

2019 年 7 月 13 日

五律·旭光老同事餐叙

三十惊叹望，相疑似梦非。

浮云飞目过，流水别堤挥。

感忆聊青涩，怀伤落倩菲。

喜欢情似旧，酣畅乘兴归。

2019 年 7 月 23 日

踏莎行·己亥大暑

茉莉幽香，浅茶清味，

室凉风缓消疲退。

日高大暑倦炎天，

汗蒸班晚逃家累。

宁静诗书，飞思史岁，

变龄小女添娇媚。

夏摇秀扇品青梅，

舞穿杨柳歌声翠。

2019年7月23日

南乡子·石渠扶贫行记

气爽碧云祥，

充眼风光阵列长。

幡彩劲飘千马骏，

茫茫，篷白星如满坝羊。

歌舞任悠扬，

颂唱扶贫叹比强。

乐喜坝村天地换，

斜阳，夕照羞颜妹唤郎。

2019年7月27日

鹊桥仙·七夕喜感

富良香蜜，青森夜灿，
日旅逍遥结伴。
人和街净律身行，
绿遍野、烟蒙海岸。

石怀料理，寿司美膳，
清酒类熏品叹。
温泉憨泡去疲烦，
好惬意、天仙有羡？

2019年8月7日

南歌子·次韵欧阳修之《凤髻金泥带》

喜乐婵服试，

欣怡鬓发梳。

裹身叹紧笑相扶。

却怕美筵难品、味全无。

料理绵延久，

杯盘试口初。

新鲜道道见功夫。

思念辣麻情切、怎生书。

2019 年 8 月 14 日

忆东坡·依韵君昌之风流千古

望月近中秋，
叹日飞残暑。
云破夜岚传歌调，
仙乐婵娟舞。
此曲我随吟唱，
千年帅美风流，
震耳天涯户。
思亲大醉，
词墨东坡寄遥路。

苏门师教，
俊朗来天府。
智心臻萃为仕，
谙晓艰辛苦？
何惧笑迎贬损，
三王情伴三州，
地换民融处。
诗书文画盛才，
人世常青树。

2019 年 8 月 17 日

一剪梅·己亥处暑

晨起风柔惊暑消，

人色匆匆，衣袂飘飘。

天高蓝淡树荫连，

锦水迢迢，蝉鹊寥寥。

闲坐熏茶观懒猫，

室外常阳，室内香烧。

夏残喜把火锅邀，

滚沸红红，酣畅娇娇。

2019 年 8 月 23 日

南歌子·青岛百日展播启动赞

月季惊红艳，

冬松叹碧浓。

斜阳海浪荡微风。

似有崂山传远、晚稀钟。

百日开播聚，

宾朋贺祝同。

靓装盛事喜相逢。

百姓赏评好剧、赞葱茏。

2019年8月25日

踏莎行·周日休闲

城野喧微，鸟莺声碎，
凭栏望远山苍翠。
晨明街动肆门开，
叹他往复身忙累。

幸坐高台，欣观锦水，
远遥风抚青丝坠。
近花粉嫩笑相陪，
何来忧世先陶醉。

2019年9月1日

五绝·依韵友人之作贺友生诞聚

杯盘流水宴，

炫彩映琼浆。

乐伴众亲祝，

群欢夜未央。

2019年9月2日

五绝·小庭初秋一

小庭花世界，

夜色掩高楼。

世界均安好，

平和万事休。

2019年9月2日

五绝·小庭初秋二

小庭花世界，

美媚艳清幽。

白日经风雨，

娆姿引眼眸。

2019年9月2日

五绝·小庭初秋三

小庭花世界，

绿蚁醉时祥。

盼想中秋至，

亲朋笑靥扬。

2019年9月2日

五绝·小庭初秋四

小庭花世界，

凉意已知秋。

夜灿人熙闹，

栏观肆未休。

2019年9月2日

五绝·小庭初秋五

小庭花世界，

夜静醉酣柔。

雾漫迷糊浸，

嫦娥劝入休。

2019 年 9 月 2 日

五绝·小庭初秋六

小庭花世界，

禅坐盼如来。

烦恼红尘倦，

修身欲悟开。

2019 年 9 月 2 日

五绝·小庭初秋七

小庭花世界，

恬静夜风岚。

唯恐红妆睡，

添茶久伴酣。

2019 年 9 月 2 日

临江仙·己亥白露

慵懒闲暇高望远，蜿蜒街市车轰。

肆门鼎沸踵肩行。

栉楼霓彩炫，音悦绕如莺。

闺美小庭花锦簇，酌微欢笑银铃。

旗袍小曲论波腾。

爽秋白露至，风渐润枝青。

2019 年 9 月 8 日

人月圆·次韵友人之作

桂香弥漫晨风醉，莲醒绽红衣。
喧嚣街动，临传声语，秋日初熹。

微风姹艳，引蜂迷爱，金蕊难离。
轻衫纤手，微观抚叶，剔透珠玑。

2019年9月8日

破阵子·次韵老师之过泾县桃花潭

久叹诗仙吟唱，梦游桃苑情扬。
扇底风和娇媚态，似有杨妃漫徜徉。
花丛影伴香。

兴致挥毫宣纸，绝伦传颂文章。
瑶月霓裳君赞悦，美酒汪伦绵意长。
欢愉似乘凉。

2019年9月9日

天仙子·依韵老师之读宋词

月夜室香茶淡诱，大美宋词难赏够。

婉柔豪放唱心怀，沙场酒，情深透。

书尽世间千万首。

如梦令评红绿瘦，永遇乐悲千古吼。

珠玑千阕彩笺幽，愁雨骤，燕穿柳。

吟诵味长终不朽。

2019 年 9 月 12 日

水调歌头·次韵苏轼之《明月几时有》

金桂雅香醉，薄雾罩云天。

中秋喧沸前夜，人喜似新年。

亮闪高楼灯媚，继踵川流萃会，情炽季难寒。

俊少恣情舞，弹唱乐行间。

锦江灿，当景盛，夜难眠。

壮年意气，华发牵稚逗圈圆。

南水舟游红挂，巷子吆声亲话，武艺盖图全。

美画繁华景，街市诱婵娟。

2019年9月13日

破阵子·中秋无月

落叶急风数片，倾盆骤雨窗前。

兴致中秋城阔聚，息叹今晨行路难。

夜云遮月盘。

幸有金花酒美，含怡香桂糕绵。

手掌捷传呈美愿，仍忆情长属彩笺。

相思行字间。

2019 年 9 月 13 日

卜算子·安岳柠檬山游

山野遍柠檬，

花蕊飘香诱。

食用多功色美鲜，

何叹人知否。

好女最欢欣，

品类滋肤有。

欲秀观音玉座姿，

也仿兰花手。

注释：

　　观音玉座：指安岳摩崖石窟中的"紫竹观音"，被赞誉为"东方维纳斯"，享誉海内外。

2019年9月19日

忆王孙·蓉城周末 1

有邀周末抹香妆，

太古青春俊丽忙。

水静风清草渐黄。

悦新凉，

三五群邀度晷光。

2019 年 9 月 22 日

忆王孙·蓉城周末 2

谁言秋日显寥荒，

爽我天高蓝淡茫。

还有星罗饕餮邦，

意情长，

畅饮连宵夜未央。

2019 年 9 月 22 日

七绝·蓉城夜市观

璀璨喧嚣市不停，

扶阑望远喝吆听。

飘香辣味迷人诱，

夜灿门庭畅饮吟。

2019年9月22日

七律·秋分

秋分润雨金黄落，满路馨香灿粟多。

耄老悠闲迷桂树，学童课赶背锄禾。

风微气爽低飞燕，水静飘丝浅酒窝。

且看伊人留美照，花丛秀伞伴轻歌。

2019年9月25日

玉楼春·华诞颂　次韵李煜《晚妆初了明肌雪》

白衫标致裙如雪，吟唱真纯台站列。
满堂精彩喝声浓，华诞铿锵歌遍彻。

霓裳粉质香晶屑，玉树声和情盛切。
刚柔盈耳袅余音，诱引晚霞天上月。

2019 年 9 月 27 日

新成都府·次韵杜甫《成都府》

华诞欢欣近，观城靓锦裳。
红旗排次栉，飘动舞远方。
街市游人聚，歌唱赞家乡。
朗俊青春颂，祈愿福绵长。
少城华屋饰，彩灯挂树苍。
鼎沸宽窄巷，肆喧伴箫簧。
惊看环球闪，巨幕仰大梁。
夜澜高层阔，烁美际茫茫。
天有月明照，地和众星光。
此景好盛极，逝去何感伤。

2019 年 10 月 1 日

望海潮·七十华诞阅兵颂
次韵柳永《东南形胜》

秋风和日，天安兵阅，英姿俊武中华。

长剑准精，东风诡速，接龙重器身家。

雷斧震飞沙。战机阵群列，天堑无涯。

帅士三军，展新国创竞纷奢。

七十锦灿丰嘉。有山川秀美，千里繁花。

民众炽情，观场迸烈，红旗绘脸童娃。

千举簇高牙。乘醉听声鼓，呼赏烟霞。

祈愿绵延盛景，传颂世人夸。

2019 年 10 月 1 日

282

卜算子·次韵老师之重阳

醉镜幻颜娇，
年少风姿傲。
堂院青池四柱红，
童戏喧哗闹。

如梦过千山，
忽有儿孙绕。
携赏黄花满眼秋，
问好谦谦笑。

2019年10月7日

破阵子·己亥寒露

望远星鳞似网，倚高楼伫成行。
湿润晓风微感颤，容倦松衣缓卸妆。
凄凄露面黄。

又是秋浓催老，疾时何必忧伤。
桂落荷残常已惯，南有青枝强北荒。
酒醺心秉阳。

2019年10月8日

浪淘沙令·首届秀金熊

首届秀金熊，宾聚情浓。

爱仁礼节世融同。

传颂佳良心撼动，精彩无穷。

天府叶枫红，迎笑亲逢。

三星九寨敞宽胸。

火辣麻婆川味美，醉赏猫蒙。

2019 年 10 月 10 日

渔家傲·太古观想

天淡云高清澈透，
不闲多事焦眉皱。
路见春衫行玉藕，
姿美瘦，
愁消观美情如旧。

汉有文君醅酿酒，
慧中花蕊芙蓉绣。
郎伴彩笺诗意走，
而今后，
金花群舞长风袖。

2019年10月17日

玉楼春·酬和词友之霜降

气爽晨晴秋色魅，为灿金熊不倦累。
奔骑长路暮灯柔，忽感急风霜至畏。

匆促往还难沈睡，浮现双生闺蜜会。
今年只忆去年欢，且乐点糕安自醉。

2019年10月25日

如梦令·荧屏盛宴

迎盼荧屏盛宴，尽展泱泱华汉。

杯闪靓金熊，比论技追兴叹。

你看，你看，仕聚美川眉展。

2019 年 10 月 29 日

满庭芳·次韵秦观之《山抹微云》

天淡云飘，秋深叶绿，夜来成锦盈门。

滚红微浪，尘世共金樽。

醺叹七朝旧事，慢回首、思绪翻纷。

邯郸道，逐流跌宕，忽现又一村。

惊魂，当此际，平身震醒，宿命明分。

谩赢得、心平自律还存。

此去逍遥挚爱，有专趣、何必伤痕。

摩维仿，什情无意，琴醉伴黄昏。

2019 年 10 月 30 日

一剪梅·荣耀之夜

红满环堂夜静悄，

台上丰饶，台下同焦。

千帧万镜看今朝，

行路迢迢，邦绩骄骄。

五彩传播日盛销，

真性惟枭，真媚惟娇。

挚诚倾演众拼超，

喜了殷桃，乐了郭涛。

2019 年 11 月 1 日

287

天仙子·次韵老师之《蓉城秋图》

秋灿大晴天未老，无尽淡蓝心醉了。

飘丝云媚若仙姿，人正少，无喧闹。

且喜盹眠闲椅道。

舒暖浸身风润好，金杏映黄排树绕。

芙蓉花艳掩亭台，难笔妙，羞描俏。

此景感怀宣会照。

2019 年 11 月 2 日

破阵子·蓉城深秋怀古

耀灿橙黄银杏，姿繁晶粉芙蓉。

晴日暖风亲笑靥，远月清烟绕梦容。

蜀中花蕊红。

水殿冰肌香满，摩诃横鬓情浓。

河汉疏星携手望，夜半金波琴瑟同。

洞仙歌赞琼。

2019 年 11 月 6 日

捣练子·蓉城夜

酒似水，醉身酥，

恍眼鳞波闪画图。

夜灿锦城相伴月，

喝吆竞浪总不如。

2019 年 11 月 7 日

渔家傲·己亥立冬感思

晨起阴沉天漫雾，

朦胧隐现银黄树。

碎步急行工事处，

长安路，

但祈安顺奢求祜。

回首艰途如面虎，

红尘喜乐焦难数。

幸有亲朋情爱护，

强倦舞，

人生如是延千古。

2019 年 11 月 8 日

鹧鸪天·周末蓉城怀古

斓彩流光安顺桥，
鳞波锦水泛舟摇。
桃笺浸泪相思夜，
水殿盈香倾爱朝。

李杜笔，益德刀，
史描蜀汉尽挥毫。
苏公把酒婵娟问，
望月遥思似海潮。

2019年11月9日

点绛唇·《阿坝一家人》关机记
次韵冯延巳之《荫绿围红》

翠海瑶池，彩林叠瀑桃源住。
画桥当路，绿遍芳馨户。

汉藏情深，净土人间处。
耀州语，夏柔温妩，追向郎边去。

2019年11月20日

忆江南·己亥冬景

风渐冷，

收纳夏丝纱。

悲叹青葱成败叶，

哀怜红艳化残花。

凄唱老昏鸦。

闺晚聚，

漫溢味和家。

纯酒汤锅心惬意，

锦衣裙袄面仙霞。

娇怨也说他。

2019 年 11 月 21 日

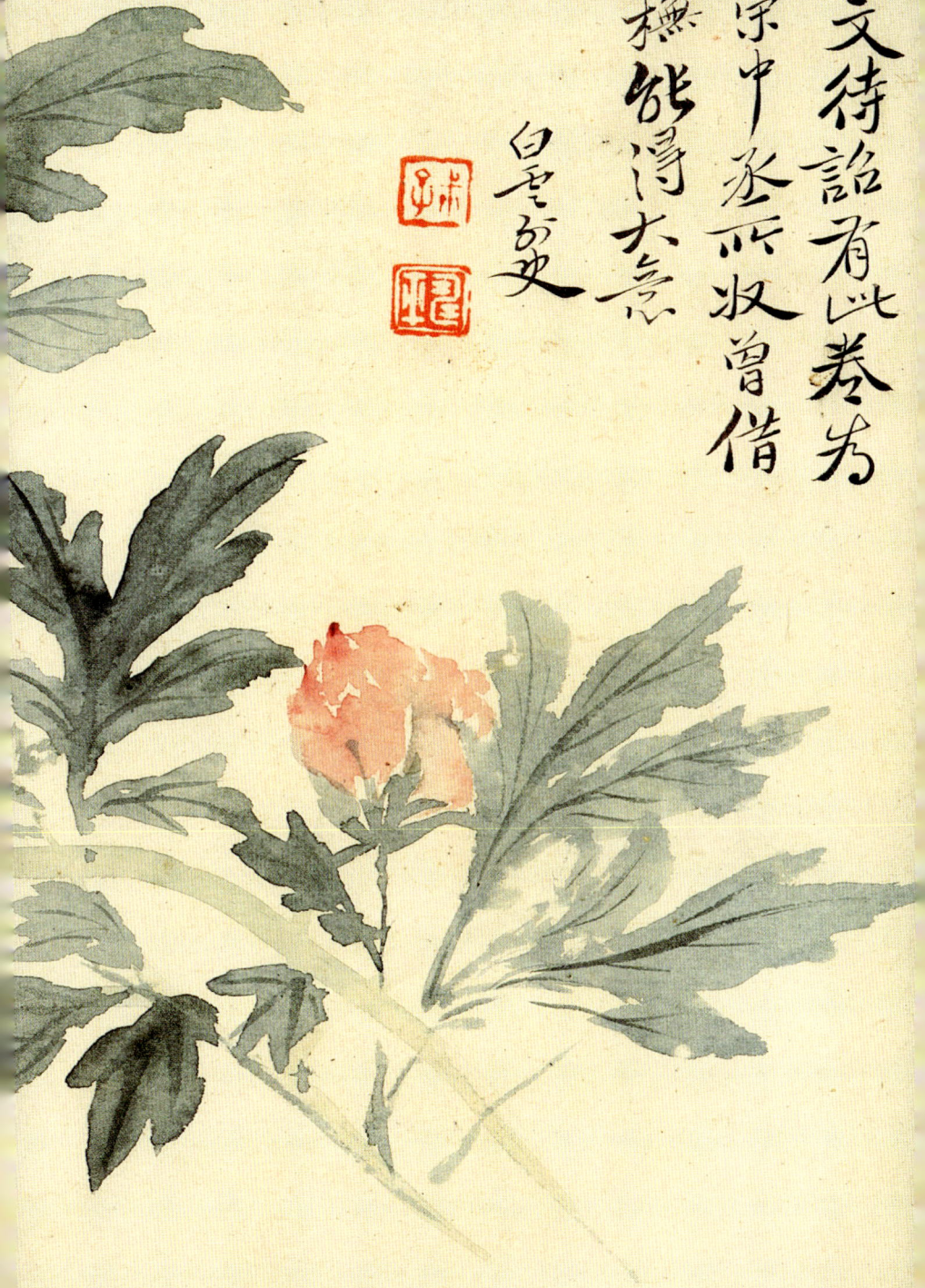

文待詔有此卷為
宋中丞所收曾借
撫能得大意
白雲堂史

浪淘沙令·次韵友人作

荏苒逝年华，冷见孤鸦。

堪哀单影苦无家。

老树枯枝凄望处，绕雪飞花。

阴重落稀霞，市井喧哗。

晚凉天静赏庭花。

美酒祛忧寻自乐，再伴香茶。

2019年11月22日

醉花间·《危机先生》开机记

绚烂朝霞穿雾照，

朗清长远眺。

青绿渐橙黄，

如画园林俏。

良辰星闪耀，

美景群欢笑，

开机祥瑞好。

聚焦川景美蓉城，剧情描，天府造。

2019 年 11 月 25 日

喜迁莺·婚礼证见

晨雾漫，墨山延，

窗速画频翻。

跃龙飞动赶堂欢。

情炽盛天寒。

彩蕊鲜，红锦灿，

玉树千娇相伴。

动容真语切声浓。

天赐正缘逢。

2019年11月30日

七绝·和老师之《京城初雪》

清晨懒起惬逢休，

遍野银装盖似绸。

寂静翻飞姿舞绚，

香茶伴品雪仙羞。

2019 年 12 月 1 日

好事近·蜜友新居贺

锦上探春来，日灿早梅心切。

公馆亮环轻乐，蜜喧情深悦。

酒阑歌罢玉樽空，佳肴伴琼烈。

不舍畅言回首，愿清风明月。

2019 年 12 月 1 日

蝶恋花·酬和友人之《甘露寺怀古》

一曲佳缘传唱久，

古北楼前，耳畔余音有。

兰蕙尚香才润透，

好合先主偕白首。

千古兴亡折戏秀，

天下分合，多少旌旗手？

独立遥思风满袖，

长江翻滚山依旧。

2019 年 12 月 3 日

锦缠道·次韵君昌之《过龙泉驿》

彩染流香，

目远美岚轻暮。

镜湖鳞、轻舟悠渡。

杏心叶满黄金路。

柳绿飘眉，

喜跃穿鸥鹭。

望园林小桥，

嵌窗华墅。

映芙蓉、俩娇相顾。

互问君、岁末郎归途？

待香伴雪，

醉舞情深处。

2019 年 12 月 6 日

忆江南·次韵老师之《小鸟天堂》

仙老树，

威震护山庄。

少小生枝穿翠绿，

百年繁茂戴青黄。

荫蔽岛中央。

须舞动，

千雀暗中藏。

才去静幽约爱会，

又来喧闹聚欢堂。

自在好时光。

2019年12月6日

唐多令·己亥大雪

晨雾漫高楼，

寒纱罩远丘。

倚窗栏、适意闲休。

祈望瑞祥飘碎玉，

洁白净，扫忧愁。

无影是含羞，

衷情偏北游？

恋晶莹、分爱相求。

何日寻梅香雪踏，

琼枝下，伴君游。

2019 年 12 月 7 日

唐多令·过武侯祠

满地洒银黄，

目舒一色长。

进朱门、跳映红墙。

翠绿万竿排阵列，

三国史，述沧桑。

岁月溯苍茫，

英雄曾几狂。

霸江山、归我荣光。

结义桃园功盖世，

男儿泪，忍心藏。

2019年12月14日

诉衷情令·欣赏《第二圆舞曲》

东方唐宋韵流芳，文采眷馨香。
西音圆舞迷醉，诗曲美相彰。

湖荡漾，煦风长，意飞扬。
翩翩蝶炫，华尔音柔，浪漫华堂。

2019 年 12 月 16 日

调笑令·冬至

冬至，冬至，
室暖闲情兴致。
娘忙味漫浓汤，
音柔郎书墨香。
香墨，香墨，
迟来剩羹残汁。

2019 年 12 月 22 日

卜算子·己亥冬至

冷浸苦愁多，

温润欢愉少。

冬至时来祈转折，

蹇运随寒老。

浮动暗香轻，

娴静芳疏俏。

傲雪凌霜占鳌头，

苦尽甘来到。

2019 年 12 月 22 日

臣余穉恭畫

西江月 · 海口会议

优爽香风迷醉，
清轻云彩悠闲。
南国冬日暖柔棉，
好梦酣眠达旦。

记录中华时代，
勤描国粹丰篇。
创新精品画连环，
唤起新高叠现。

2018年1月24日

祝英台近 · 庆春

照红情，描绿意，春近牡丹煦。
暖日东风，不舍岁华去。
团圆万户同欢，不眠侵晓，笑声转、新年莺语。

把樽举，姐妹纤玉柔香，呢喃话幽絮。
归梦经年，离远争常聚。
笑观岁月匆匆，从容携手，更信解、愿成祥赋。

2018年2月20日

蝶恋花·为朋友秋景图片题词

山黛远烟秋水雾，

大雁回眸，屏画银黄树。

飞舞姿摇游漫步，

阶横杏灿春羞妒。

庭院铺陈佳丽慕，

蕴爱心甜，馨美留香处。

凝醉万株芳溢户，

叶飘影媚青春驻。

2018年2月28日

蝶恋花·春醉

且看浣花春水绿，
明媚芳华，红艳梅姿丽。
香暖袅飘熏美意，
海棠双俏迷人趣。

拟把倾春吟唱句，
对酒当歌，锦畔逍遥去。
夜色朦胧灯逗戏，
却瞥团簇牵魂觅。

2018年3月10日

少年游·评优

春风染碧，春云含绿，春梦醉和熙。
杏雨梨云，嫣红浓紫，排柳望深齐。

崇文院润花香溢，朋友话潺溪。
精选推优，她他商议，佳作看谁奇。

2018年3月21日

行香子·微雨山中行

微雨飘空，山漫青松。

湍溪水、欢绕葱中。

斜晖晓黛，朦似裙蓬。

品霎儿晴，霎儿雨，霎儿风。

蜿蜒穿越，携君话叙。

近黄昏、谈兴和融。

人间美趣，陶乐相逢。

愿月长圆，人长健，路长通。

2018年5月23日

月当窗·端午

五月榴花，

绿杨窗映纱。

彩线轻缠玉臂，

端午聚，酒兼茶。

云霞，飘彩华，

乐亲欢逗娃。

粽叶小符斜挂，

浓美趣，静思遐。

2018年6月18日

相见欢·培训

百花谢了春红，雨蒙蒙。

齐聚北川美景、望羌峒。

优作看，分享赞，塑新风。

学者专家澎湃、意情浓。

2018年6月21日

绝句·古镇霞光

千年古镇绕廊帏，

霞媚风柔叶闪辉。

古朴言纯勤复问，

娇童粉嫩笑微微。

2018年7月13日

五律·镜湖鹅影　为郭立保先生画作题诗

红喙夺人眼，黑绒示贵身。

池塘蛙咏唱，翠柳鸟相闻。

对对依偎醉，双双爱语魂。

真情流缱绻，镜面映相亲。

2018 年 7 月 25 日

阮郎归·暑夏

绿茵幽草闹鸣蝉，
熏蒸暑汗浥。
碧波长下水沉烟，
群芳歌舞翩。

浏报看，钓鱼闲，
花枝百媚鲜。
喜惊栀子灿依然，
香飘醉梦圆。

2018 年 7 月 26 日

青玉案·熊猫小记者全球追访记

夏晴葱翠一川望，

水波暖、鱼闲荡。

日烈微风飘树浪。

城乡连际，高楼新港，

辽阔青江望。

熊猫记者全球访，

友好缘牵塑形象。

互利通融文化赏。

张骞还世，郑和继上，

马可言不让。

2018年7月31日

忆王孙·夏词

浪炎滚滚漫皇门，

观色匆匆汗透奔。

心静听蝉喜悦闻。

美纷纭，

且伴轻歌午梦魂。

2018年8月4日

玉楼春·纪录片之夜

闪亮红毯嘉宾悦，革履丝衣鱼贯列。

乐音缭绕沁酥君，典礼华堂歌遍彻。

回闪星光佳作阅，但看风情留岁月。

霓裳翩舞醉花红，杯闪祝词谋再越。

2018年8月5日

定风波·夏游苏梅岛

暑燥人疲热闷堂，时晴时雨漫城汤。
闻讯南凉风和煦，飞去，可娃娇嫛喜洋洋。

梅岛颜柔迎老少，微笑，海天明媚品椰香。
水阔山朦清燥恼，应道，此心安处是吾乡。

注释：

嫛：此特以川语发音，形容俏皮与可爱之意。

2018年8月11日

谒金门·听涛望海

风乍起，
翻浪海波烟绮。
丝点坠珠飘串米，
看晴阴竞比。

观岛兴游不已，
蓝绿越穿携你。
无际天涯行步履，
也闻涛悦喜。

2018年8月12日

满江红·学会换届感

红玉阶前，众亲聚，乐欢喜靥。

锦城夏，淡云风静，恰迎宾杰。

曲径穿花杨柳舞，金河流水柔音悦。

看今朝、次坐满华堂，情浓烈。

经年路，回眸阅。汗与泪，同心热。

品牌佳绩创，赶追超越。

碧水青山年季换，江河大海潮升月。

好祝愿、新绩展平川，高歌阕。

2018 年 8 月 24 日

点绛唇·演讲比赛观感

俊绿柔红，凝神聚力形姿娜。

汗微镇坐，亮相他和我。

光闪生辉，才艺纷呈个。

心无懦，练成尚可，今日收香果。

2018年8月24日

卜算子·次韵老师之《月夜》

夜望月影幽，
宫美嫦娥住。
我欲乘风玉宇观，
看尽琼枝处。

闹市正喧哗，
车马游龙数。
惊梦魂归弄蕊情，
嗅醉香如故。

2018年9月3日

七绝·初秋

初秋忽至丽人愁，

冷雨飘零叶伴流。

刚恼夏炎防暑热，

又藏绣扇蹙新忧。

2018年9月5日

七绝·惊雷

秋风凉意夜清黑，

浓睡时惊闪震雷。

划袜步窗窥野望，

孤鸿缥缈看她谁。

2018年9月7日

诉衷情令·婚礼感

风清白露气疏香，喜悦满庭堂。

百年见证情爱，缘定海山长。

失久见，叹流芳，惑安康？

青梅竹马，把酒惜春，互愿呈祥。

2018年9月8日

渔家傲·秋日评稿

山罩浅秋风景丽，

燕群阵列南飞翼。

清爽碧烟蒙润绿，

遥望去，

嘉陵水静高楼密。

说剧听评来共议，

鸿儒酌见知如玉。

若渴求识心聚力，

求真技，

意犹未尽无穷趣。

2018年9月14日

七绝·石榴

灿黄表润透馨香，

开见圆珠玛瑙堂。

红翠晶莹涎睍慕，

欲尝不舍赏红妆。

2018年9月16日

七绝·月夜聚赏新装

叶飘影媚桂弥香，

明月清风聚客堂。

初试裙罗围赏慕，

多姿曼舞展梅妆。

2018年9月17日

满庭芳·西亚迎喜

西亚山庄，朗晴题叶，故园欢事重重。

花红柳绿，迎喜乐相逢。

几处歌云梦雨，可看众、来自西东。

殷勤笑，弄枝锦树，曲槛饰妆珑。

美园花簇遍，熏烟姹紫，山黛空蒙。

待祥时，佳人娶闹欢隆。

妩媚丽姿深望，朗极泣、含动欣容。

双亲拜，尊前把酒，福禄比长虹。

2018年9月24日

踏莎行·次韵友人之《中秋月》

雨细游疏，桂香飘散，

举头盼月中秋见。

高楼倚望遍灯阑，

弄裙妆媚群芳伴。

盘皿糕圆，金樽酒满，

情浓意予婵娟看。

云遮可叹玉含羞，

来年醉舞西轮转。

2018 年 9 月 25 日

七律·次韵友人之《国庆》

又迎华诞逸情洒，喜伴闺眉午品茶。

虽叹桂香衰淡雾，也怜荷艳暮残霞。

但闻乐美群风彩，且看棋精众展华。

把盏茶闲秋日醉，升庵更羡满庭花。

2018 年 10 月 2 日

眼儿媚·黄浦江风弄轻柔

黄浦江风弄轻柔，忙煞客来游。
高楼宾礼，碧波音伴，美景华秋。

花团锦色星棋列，最媚彩灯流。
今宵眼底，明朝心上，后日回眸。

2018 年 10 月 3 日

七绝·苏州金鸡湖游

兴赴苏州视野开，

秋风清朗众纤徊。

金鸡湖畔黄昏日，

亮闪波摇似稻栽。

2018 年 10 月 4 日

江城子·山高天远路达通

山高天远路宏通，

喜相逢，露欣容。

华发鬘丝，叹岁月匆匆。

相好心安缘永在，

言旧事，趣相同。

阳澄堤岸品珠红，

醉迷蒙，蟹肥溶。

湖畔金鸡，看落日丹彤。

灯火阑珊茶酒罢，

邀再见，意情浓。

2018 年 10 月 5 日

捣练子·秋叶

树影魅，月新凉，

摇叶随风零落忙。

无奈又逢秋抖瑟，

惜怜秀绿变苍黄。

2018年10月7日

醉花阴·表妹生日贺

秋日阳光城满照，灿烂行人笑。

望杏目生春，闲淡妆匀，蓝染轻裙俏。

垄枝润雨年年好，岁月知多少。

把盏趁年华，酒美香薰，花绽君不老。

2018年10月10日

七律·重阳节忆亲

九月重阳雾润天，菊黄斗艳笑依然。

可知孝老惜时日，但晓无亲叹眼前。

远梦依稀空落寞，真情明澈寂零怜。

可祈话语秋风送，遥祝天宫把酒筵。

2018 年 10 月 18 日

永遇乐·生日宴

花满廊庭，香凝丝帐，音韵轻曼。

玉貌霓裳，靓妆飘媚，才子佳人叹。

秋深霜降，残红暮晚，相聚双生欢宴。

齐吟唱、年华咏祝，两辈好景如愿。

杯盘叠笲，乳汤绿蚁，生粉迷离含眼。

游戏儿童，喧哗追探，笑引觥筹看。

巧莺姿舞，尽兴醉语，诗瘦难描千万。

星灯闪、情浓终散，新邀再见。

2018年10月24日

卜算子·酬和老师之《霜》

白露水微寒,

叶落深秋到。

晨静清幽路槛长,

遍有霜迎早。

雪傲众人夸,

霜浅非争俏。

却愿躬身垫盛极,

品自高含笑。

2018年10月26日

清平乐·高校年会感

晨雾扑面，菊影朦胧看。

山远秋高如画卷，碧水粼波银练。

堂满聚首西华，年会喜叹绩佳。

携手绘谋锦色，憧憬盛美繁花。

2018年10月27日

捣练子·中秋听琴

出皓月，驾云临，

凡引嫦娥来赏琴。

香径桂飘不寂寞，

耳盈曲美比仙音。

2018年10月29日

七绝·立冬1

杏树银黄叶落飞，

深秋风烈夜人稀。

街头菊颤强含笑，

花瘦人怜欲赋衣。

2018年11月7日

七绝·立冬2

冬临秋去又寒浅，

暖气清阳半日闲。

帘卷望城团锦簇，

千般颜色似春还。

2018年11月8日

七绝·锦城初冬

休闲暖日锦城香，

江绿丝飘众客忙。

群雁穿蓝黄杏落，

芙蓉添媚画屏张。

2018年11月11日

西江月·家宴

薄雾黄昏灯放，

清风细雨街寒。

车如流水似龙蜓，

星伞行匆相见。

荤腊弥香家宴，

素蒿馋美同欢。

红颜把酒忌无言，

喜乐绵延不倦。

2018 年 11 月 16 日

蝶恋花·和友人之《叹金庸辞世》

飞雪连天霜月照，

侠胆柔情，碧血江湖绕。

书剑宗师乘鹤啸，

瀛洲又诞文昌到。

弹指半生功盖傲，

阅吊文章，看万迷称道：

书尽人间公理浩，

爱吟千古鸳鸯笑。

2018 年 12 月 2 日

五律·暖冬

冬寒晨倦起，喜见暖阳氤。

梳洗弄妆媚，穿裙靓美身。

南河红叶落，曲陌浣花缤。

迢递鸥飞跃，风光灿似春。

2018 年 12 月 7 日

339

鹧鸪天·登皇泽寺

武曌慈凝嘉水流，

千年清碧美滨收。

二王坐看今朝变，

绝唱英皇世举头。

才女赞，智情谋。

雄才武略唱千秋。

谁言女子难差任，

更胜男儿再上楼。

2018 年 12 月 7 日

山花子·大雪

大雪将临日感寒，

纷飞丝雨雾蒙天。

惜叹南江雪难觅，

奈无言。

但喜苑湾堆杏叶，

爱心玩摆美馨圆，

贪岁怅然愁欲老。

又一年。

2018 年 12 月 7 日

鹧鸪天·次韵友人

日暮寒凉万事休，

身如临海浪掀舟。

春花夏月泥丸路，

薄爱情疏烟雨楼。

思意乱，梦魂游，

凭阑把酒望星流。

风吹酣醒知幽梦，

愿看梅香遍九州。

2018年12月11日

鹧鸪天·南国冬日感

启步车驱浪漫城，

香江波缓静无声。

远观舰舸游闲鹭，

近看繁花降卉精。

南碧翠，北凋零，

欢悲贵贱似人生。

浮华纷扰从容度，

淡看红尘尽智能。

2018年12月12日

七绝·学术年会

灯华亮闪暖厅堂，

清雅鸿儒聚话商。

学术各成言己见，

新旗共举再飘扬。

2018年12月13日

七绝·倦午

强撑倦困午晕沉，

眯眼身摇影绰昏。

宾句声如蜂咏唱，

庭芳一曲梦还魂。

2018年12月13日

踏莎行·珠海冬夜欢聚

椰树姿摇，彩灯迷幻，

潮熏浪涌香飘散。

音柔情侣路悠长，

冬风爽醉佳人伴。

饕餮丰餐，美肴盛宴，

良辰好景催红面。

相逢酒畅是前缘，

贪杯笑祝心如愿。

2018 年 12 月 14 日

如梦令·次韵友人之作

冬夜雪花银巷，残泪粉腮思量。

山远路长遥，明月倚阑相望。

别羞，别羞，河畔曲哀悠响。

2018 年 12 月 14 日

渔家傲·次韵友人之作

冷雨寒风思绪乱，

月朦子影滨江岸。

明月孤光嘲夙愿，

惭自叹，

浮生知了为康健。

花谢飘零君莫怨，

邯郸路险辛勤战。

休罢兴游山水万，

新画卷，

逍遥心阔宽河汉。

2018 年 12 月 18 日

鹧鸪天·和友人冬至之作

小径寒深飞暮鸦，

浣花水岸见鲜芽。

眉惊天冻树新叶，

心叹冬凝露彩霞。

灯朦路，月笼家，

稀传墙外唱咿呀。

袅音曲美穿银树，

惬意清风伴雪花。

2018年12月21日

卜算子·初雪即景

冬雨冷飘摇，

暖室群言表。

唾舞眉飞众相生，

瞅睡喇涎笑。

乍叹悦声传，

初雪忽临俏。

喜赏晶莹玉串白，

乘兴观窗闹。

2018年12月28日

七绝·岁末祝愿

启窗望叹雪难寻，

但有梅香暗浸喑。

闻醉新年遥祝愿，

芬芳飘至伴君吟。

2018年12月31日

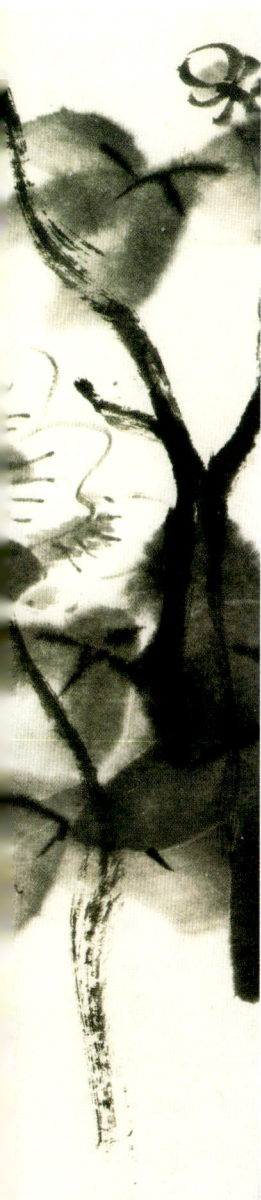

清平乐·次韵友人之作

锦江两岸，雾笼延山远。

元日迎新人喜面，红彩挂张门院。

含雪西岭银山，园香排次梅湾。

嘻照美姿娇立，群欢如画安澜。

2018年12月31日

木兰花令·香梅　次韵友人之《元旦》

冷傲雪香娇媚面，
不畏寒风愁雨乱。
飘静寂，且从容，
色艳雍容姿彩换。

折枝喜爱香梅看，
精致袅婷花绚烂。
庭弥馥郁漫如丝，
幽雅清迷窗外燕。

2018 年 12 月 31 日

好事近·团拜会

春近雪花融，人面桃花红醉。
燕舞莺歌群汇，美姿音声脆。

新年妆艳溢香风，华彩流光蔚。
你唱我和玩味，乐趣浓情沸。

2017 年 1 月 24 日

诉衷情令·除夕夜

金鸡报晓岁平安，春色袅如烟。

灯红酒绿相见，锦衣闹堂喧。

兰盛艳，水仙妍，牡丹欢。

歌吭四溢，舞浪扶挼，好梦酣眠。

2017年1月27日

长相思·新春忆君

新春时，忆君时。

孤女相思望月时。回眸掣影时。

惜君时，念君时。

禀告经纶金翅时。范风承继时。

2017年2月1日

点绛唇·年末感怀

悄悄新年，夜寒山静依稀闹。
闻香望道，梅影横窗俏。

母女缘亲，讨喜诗言秒。
传承孝，品行光耀，翘楚亲朋笑。

2017年2月2日

南乡子·观熊猫基地

翠密青繁，
晓雾微凉未感寒。
露挂斑筠流绿映，
甘涎，胖滚熊猫囤样团。

凑闹凭栏，
弄蕊拈花逗宝欢。
憨态可人痴众看，
轻翻，群爱谐嬉我自鼾。

2017年2月16日

蝶恋花·清明感怀

细雨朦胧寒破冻，

乍近清明，远逝亲人梦。

回首青葱钗粉弄，

百灵歌赞京城凤。

梅雪牡丹描画动，

诗意萦怀，柔媚情深重。

美酒如今谁与共？

九天遥祝琼浆用。

2017年3月18日

行香子·失约春光

夜梦酣长，晨影熏香。

望窗处、明媚阳光。

高楼几许，收尽眸双。

看人儿走，车儿转，店儿忙。

酥春浓荡，桃李花扬。

心牵引、豪兴徜徉。

嗟余会议，止步花塘。

只一番忆，一番醉，一番慌。

2017年3月26日

357

一剪梅·游赏桃梨花

雨润情枝绿满洼，
红了桃花，白了梨花。
赏心乐事共嘻哈，
愉悦和咱，吟唱和咱。

红满苔阶白绽丫，
他照她夸，你靓他夸。
心闲惬意绕人家，
风也思遐，云也思遐。

2017年4月3日

一剪梅·清明忆诗仙

寻访诗词翘楚川，
倜傥风流，当属青莲。
江油孕育俊郎仙，
游遍山河，咏叹千篇。

千古抒怀爱酒欢，
独望清月，对影花间。
万金散去复归还，
豪放飘零，世代相传。

2017年4月4日

虞美人·母亲节感

春长明媚花香醉，

闺女舒心慰。

高楼莺雀翠鸣欢，

城阔绽花画、倚轻烟。

天涯探学勤圆梦，

明月千山共。

拥娇昵话盼归家，

甘酒佳肴亲絮、好年华。

2017年5月13日

行香子·好剧再商

邛海粼光，闲淡匀妆。

倚东风、豪兴相商。

各方共议，勾画谋纲。

论脱贫戏，攻坚剧，细文章。

智描王敏，纤修坚强。

有衬帮、木呷担当。

群星塑立，异彩纷扬。

展新民风，川中景，百花香。

2017年5月18日

少年游·端午闲暇时光享

菖蒲碧艾贺端阳，闲暇好时光。

榴花放艳，山丹迷醉，天暖趣高昂。

叶青翠绿新丝长，玉臂配曲黄。

盛装金盘，指敲音美，嘻比艺谁强。

2017年5月29日

西江月·娇童生日歌

小假共披明月，

安闲同沐清风。

亲朋相聚贺娇童，

生日欢歌喜众。

摇曳胭红拂面，

微醺美酒香浓。

他她你我妙言同，

祝愿功名舞凤。

2017年5月30日

念奴娇·儿童节忆

夏盈春尽，倚阑舒新绿，微风柔荡。

远眺锦江龙舞夜，宝马香车穿巷。

六一欢临，儿童乐喜，笑语盈盈唱。

生逢华世，市纯风好天象。

回首懵懂童年，简衣陋室，亦天真模样。

笑纳饥贫欢跳闹，日月经年难忘。

泳跃江河，艺耕疲舞，累汗流争棒。

历经风浪，叹峥嵘愿宽畅。

2017年6月2日

菩萨蛮·千佛崖游

空山烟雨嘉陵畔，

叶青绿翠摇红灿。

长壁佛龛游，

隔江武曌楼。

摩崖尊密蠹，

造像千年续。

水镜映群雕，

情思怀古遥。

2017年6月5日

喜迁莺·小华婚礼感

车轮飞动，两岸望翠红，祥烟萦栋。

碧水澄虚，青山含黛，佳日百年鑫凤。

溢灯彩妆裙美，薰满庭花香共。

众望处，见新娘妩媚，新郎情重。

情重，缘正赐，天瑞降临，总是珍祥梦。

子女姻联，家亲华发，眸岁月将人弄。

祝余岁休闲笑，听丽音金樽捧。

更欣看，赞腰姿健朗，欢歌长共。

2017年6月5日

渔歌子·申遗会议

蜀道逶迤剑壁连，

枫花红遍古柏延。

奇鸟现，宝熊憨骊，

申遗世界展山川。

2017年6月9日

陌室铭

楼不在高，有猫则名。室不在宽，有女则灵。斯是陋室，惟吾德馨。窗外喧哗声，美乐传丽音。谈笑客往来，喜悦皆嘉宾。可以弹钢琴，阅金经。无闲碎之乱耳，无高压之劳心。羡君大宅屋，自爱小华庭。女史云：何陋之有？

2017年6月25日

千秋岁·采风作品赏

夏长城外，

云舞飘裙带。

观创客，郫都派。

菁蓉园靓丽，

群汇采风赛。

男女俊，比拼技艺人才帅。

创绿描连载，

美丽山川爱。

齐共进，尊师拜。

我追他赶赞，

策划思澎湃。

操实练，精雕大作朝前迈。

2017年7月4日

定风波·扶贫督导

夏日涪江映碧纱，青山丰茂浸朝霞。
督导扶贫衫汗透，不漏，走村访户进人家。

秀景细帧清美画，佳话，笑盈共把视听夸。
探讨创优群策汇，谁累？文丰剧尚似繁花。

2017年7月26日

满江红·观阅兵

夏日如炎，和风静，肃军阵列。
九十载，阅兵大漠，将英云结。
昔古金戈遮暗日，叹今铁马光明月。
望苍穹、飞啸破长空，雄鹰彻。

中国梦，怀热血。时代变，扬威慑。
誓领先世界，敢追超越。
四海翻腾云水怒，五洲震荡风雷烈。
世代传、一切入侵狼，全消灭。

2017年7月30日

天仙子·赏小帅吟

天降玉郎惊喜外，群赞靓儿星灿派。
古今品貌比潘安，拼卫玠，乖乖赛。
幼稚谦君华印盖。

年少志强游四海，收获智才枭骏迈。
栋梁风雅舞纶巾，俊灵带，飘逸采。
快乐傲童迷众爱。

2017年8月1日

鹧鸪天·暑假伴儿游

暑日清休儿聚逢，
天南地北喜游同。
峨眉叠嶂巍峨秀，
尊圣威神智德雄。

玩转去，看嫣红，
蔚然花海沐清风。
文昌祖地齐心拜，
祈愿前程事业丰。

2017年8月20日

鹊桥仙·七夕感

初秋香桂，金银满坠，

云浪清风陶醉。

鹊桥缘日喜相逢，

爱男女、红玫邀会。

柔情似水，佳期如梦，

自古两情浓味。

而今祝愿久长亲，

勿儿戏，齐眉百岁。

2017年8月28日

寒衣花荳余酷嗜之有友饷我
以報杜苣此
此小圖所
即伸紙寫此
幅以不负之耳
獲味極美

生查子·七夕欢聚

七夕盼月圆，花绽群芳诱。
倩眼翠黛描，美丽身姿秀。

咏风叹月歌，行令香梅酒。
好女意情浓，不让须眉后。

2017年8月28日

虞美人·无题

桂香秋月飘迷影，
灯火朦胧醒。
忽闻"索玛"入前优，
栖止爽明刹那、去烦愁。

独醺美酒痴人醉，
嘻乐寻书慰。
龀髫寒暑路连绵，
潇洒天涯追梦、画芳妍。

2017年9月13日

霜天晓角·桂花

江水氤纱，步轻游看花。

醉漫香惊探去，迎桂下、品晨茶。

朝霞，萦嫩芽，淡黄柔捧拿。

望尽处逍遥去，熏满阔、逸情佳。

2017年9月23日

臣余穉恭畫

减字木兰花·培训会感

丰华时代，艺术灿星繁似海。

游戏鱼龙，竭力追争黔技穷。

塑风倡导，传统弘扬群赞好。

百鸟争鸣，云破雄鹰玉宇情。

2017年9月27日

诉衷情令·贺祖国生日

芙蓉金桂斗馨香，丽日喜厅堂。
中华寿诞恭贺，强盛志高昂。

莺语唱，百花扬，众游忙。
聚焦华夏，醉美呈祥，翘楚炎黄。

2017年10月1日

水调歌头·贺小晔婚礼

十六月朗照，笑语满堂欢。

嫩鲜花束，团簇香丽诱婵娟。

恭喜夫妻结拜，见证众亲期盼，开启靓元年。

但愿人长久，自在美人间。

闺情叙，良辰景，话无眠。

天涯咫尺，寻事聚首叹离难。

谈笑人生得意，互勉世间缺憾。此事古难全。

云卷云舒散，心亮赛神仙。

2017 年 10 月 7 日

377

江城子·赏傲日其愣《天边》

日闲秋黛雨初晴，

目澄明，水风清。

一曲《天边》，惊叹醉倾听。

耳畔声声柔美韵，

悠扬去，诉衷情。

俊才天赋靓机灵，

奈家清，诞精英。

勤苦逐圆，理想梦峥嵘。

不厌百听欣赏处，

终赞赞，泪盈盈。

2017年10月15日

青玉案·喜望新人路

锦堂星灿花团妩，

喜望送、新人路。

凝见鹊桥香绕雾。

柔音声动，炫流龙舞，

灯火阑珊处。

相逢故友光阴暮，

谁叹青春岁虚度？

方好华年情满户。

月桥庭院，香梅杏树，

乐爱千年铸。

2017年12月3日

长桥月·观古刹

幽深古刹，世事风吹打。
深院古楠林立，皇家派、千年塔。

看陈蚀战马，念风残铠甲。
悲喜怨情淘尽，勇士泪、闲人话。

2017年12月6日

踏莎行·遥祝女儿生日

万树盈繁，层林尽遍，
银黄屏画登高看。
暖阳醺醉软酥甜，
闲情逸雅千人面。

好景良辰，人生美卷，
芳华碧玉桃花灿。
勤描锦绣路长遥，
红尘傲翅双飞燕。

2017年12月11日

虞美人·《索玛花开》研讨会记

京城冬至晴方好，
青柳飘枝渺。
花开索玛聚相逢，
共话剧容相续、众言同。

扶贫领率彝家干，
苦累成功伴。
创新佳作路延绵，
提振川军士气、梦香圆。

2017年12月20日

卜算子·除夕

吟唱美歌扬，
迎盼除夕闹。
晴日阳光万炮鸣，
喜悦芭尖跳。

鱼跃俏红梅，
争把春来报。
美酒红包荡漾席，
乐聚猴年笑。

2016月2月7日

半夜歌風開露井一枝千
葦損春以
頤香館臨宋人紈扇本

清平乐·横店探班

结盟彝海，八十诗篇载。

时助叶丹明昭摆，怎获长征高凯？

横店烟雨蒙蒙，探班剧组匆匆。

祈盼央黄大戏，川军勇越高峰。

注释：

叶丹：小叶丹。

明昭：刘伯承。

2016 月 4 月 21 日

菊種不下數十種皆秋英也僧鞋之

獅獨別具出世色相豈趙殘葦好事耶

王武

渔家傲·安仁之夜

柳绿花红莺雀闹，

俊男靓女颜妆俏。

闪亮倾情来演表，

争窈窕。

比拼学业邯郸道。

欲上高楼应悟早，

功成喜鹊欢来报。

勤奋湿衫慵懒扫，

金榜耀。

传承艺苑齐声号。

2016年5月19日

钗头凤·江油采风

端午酒，江油走，

满城春色宫墙柳。

东风透，山丹茂，

半年相见，乐鸣高奏。

诱！诱！诱！

春依旧，栀栀瘦，

醉香扑鼻人儿嗅。

群芳莠，菡荷候，

含苞羞待，欲将人逗。

秀！秀！秀！

2016年6月10日

五律·金熊猫之夜

蓉城新雨后，山晚望晴空。

锦水月明净，金樨镜映红。

熊猫夜华彩，纪录盛肴宫。

好景君需记，流光万里同。

2016年9月12日

五律·捷克古典音乐会赏

五月玫瑰苑，风吹蕊散香。

蝶飞摇晕眼，莺舞映霞光。

露湿凝脂粉，余音绕画梁。

群颜妆靓丽，花灿眷芬芳。

注释：

五月玫瑰苑：花园名，位于成都温江区。

2016年10月30日

画堂春·《我的1997年》开机

帝都甘露映冬阳，

怀柔新剧锣张。

首编名导举旗昂，

祈祷高扬。

香港回归纪念，

同胞团聚流芳。

来年大戏亮颜妆，

无限馨香。

2016年11月10日

花想容·"创绿"回眸

银杏金黄飘满地，

快乐喜相逢。

创绿清新战绩丰，

硕果品牌红。

三届耕耘经论看，

聚力遏庸同。

创建征程探尽穷，

讲故事、画长虹。

2016年11月30日

一剪梅·赠小女

妩媚清纯小秀媛，

托福塞达，夙夜经年。

遍游四海好河山，

破浪长风，研细深观。

洋洒字文书百篇，

柔情萦怀，良善心间。

红妆骄女路平宽，

壮志胸襟，再看明天。

2015 年 1 月 31 日

满庭芳·游迪拜

迪拜豪城，波斯湾畔，沐兰红日骄阳。

阿拉伯海，风雨诉沧桑。

月照丝绸之路，回首望、精彩华章。

而今观，大街小巷，闻四季花香。

思量，能几许？高楼矗立，世界无双。

变沙漠如茵，展露豪强。

幸对清风皓月，哈利塔、烟盖云窗。

须言道，新丝绸路，一曲《满庭芳》。

2015年4月12日

如梦令·生日趣

乖女朦甜相告，神秘礼包将到。

快递速时来，见"诺誓"鲜花俏。

拥抱，拥抱，母女共欢言笑。

2015年5月10日

临江仙·端午忆父

粽叶飘溢雄黄酒，闻香栀子翩然。

浅歌微笑尽欢言。

宴余人散后，思父在花前。

遥想英武行文曲，风流才艺华年。

君不在后泪垂怜。

追思常祈祷，愿快乐平安。

2015年6月21日

渔家傲·北京会议

万木皇都红烂漫，

群英汇聚谈思辨。

艺海浪腾辽阔远，

齐声唤，

昔优勿忆朝前看。

国大泱泱千业遍，

红尘滚滚星光现。

传统宣扬邻里赞，

同心干，

扬名翘楚当今汉。

2015 年 9 月 25 日

忆秦娥·电视节

十三届，秋风暖意蓉城月。

蓉城月，鲜妆辉映，乐声欢雀。

宾朋相聚聊长夜，创新分享谋飞跃。

谋飞跃，精诚合作，战绩新阙。

2015年11月7日

五绝·梅花

室角一簇梅，

馨瑶静静开。

绿萝羞侧映，

浮动暗香来。

2015年12月23日

五律·守岁马年

爆竹声声脆，花灯似美瞳。

梅枝摇月影，美宴落杯盅。

春晚鸣锣炫，红包转手匆。

喧哗绵尽夜，达旦日来东！

2014年1月31日

五律·江油春叹

小假嗅春天，寻诗念李仙。

青莲繁景盛，百合谷情绵。

泥径盘山尽，层林绕涧边。

辛夷花绽放，惊叹粉红燃。

2014年4月6日

七绝·邛海行

邛海氤氲降绮霞，

远山清气雾笼纱。

停车坐爱群芳聚，

鸡冠红于二月花。

2014年5月3日

浣溪沙·财富端午

绿柳荫荫莺雀归，

金盘五彩映桌围，

清香玉粽诱纷飞。

待月黄滕杯欲睡，

蓉城五月艳榴菲，

都周财富靓光辉。

注释：

　2013年6月端午日恰逢财富全球论坛在成都举办。

2013年6月10日

五绝·桂湖

桂湖百十里，

菡萏发荷花。

五月可儿采，

归舟不想家。

2013 年 6 月 23 日

如梦令·赶稿

薄雾鸟鸣欢报，残倦惺忪妆俏。

忽问稿来催，电掣风驰奔到。

且躁，且躁，笔罢午闲言笑。

2013 年 8 月 9 日

后 记

　　经过十余年的创作和近一年的搜集整理，《暗香集》终于出版。拙集的出版得到了众多诗词界、学术界朋友的关心、支持和帮助。天健地顺，生命需要成长；饮水思源，人生需要感恩。在此之际，我要感谢胡占凡先生、张君昌先生、袁方明博士在"京蜀诗派"诗词唱和中的帮助、砥砺、切磋和提升；特别要感谢叶嘉莹先生及身边学者老师的关心鼓励，以及仲呈祥、阿来、李骏虎、毛卫宁、张勇等著名作家、国家一线导演编剧的赏评；感谢"中国有声阅读"的王秋老师、胡银芳老师、晏积瑄老师、洪伯老师对作品的肯定及诵读播出；感谢四川大学欧阳宏生教授、四川传媒学院冉光泽教授、四川省广播电视学会秘书长陈庄先生等学者专家的支持鼓励；感谢父母的养育熏陶培养、家人的亲情陪伴；感谢冯果老师对本书的精心策划、感谢单位领导和同事的支持；感谢责编丁文梅女士的辛勤付出、感谢作家出版社的青眼相看……没有你们的帮助，拙集的顺利出版是不可想象的。文短情长，惟情惟感；纸薄情深，惟谢惟恩。希望读者朋友们喜欢拙集并不吝赐教。让我们一起携手向未来，为美好生活而颂而歌！

癸卯年秋记于成都